蝴蝶是凤凰的羽毛

冯传江 著

北方文艺出版社
·哈尔滨·

图书在版编目（CIP）数据

蝴蝶童年之凤凰的羽毛 / 冯传江著. -- 哈尔滨：北方文艺出版社, 2023.4
ISBN 978-7-5317-5869-3

Ⅰ. ①蝴… Ⅱ. ①冯… Ⅲ. ①诗集—中国—当代 Ⅳ. ①I227

中国国家版本馆CIP数据核字(2023)第055519号

蝴蝶童年之凤凰的羽毛

HUDIE TONGNIAN ZHI FENGHUANG DE YUMAO

作　　者 / 冯传江
责任编辑 / 王学刚
书名题字 / 郭居凯
美术设计 / 秀　子

出版发行 / 北方文艺出版社
网　址 / www.bfwy.com
邮　编 / 150008
经　销 / 新华书店
地　址 / 哈尔滨市南岗区宣庆小区1号楼

印　刷 / 三河市宏顺兴印刷有限公司
开　本 / 787 × 1092　1/16
字　数 / 182千字
印　张 / 26.75
版　次 / 2023年4月第1版
印　次 / 2023年4月第1次印刷

书　号 / 978-7-5317-5869-3
定　价 / 99.00元（共2册）

序

原来，蝴蝶竟是凤凰的羽毛

谢文利

船江是对蝴蝶有执念的人。这是他近年来“蝴蝶童年”系列中的又一力作。

蝴蝶，昆虫纲，鳞翅目。体分头、胸、腹三部，翅及体表密被各色鳞片及丛毛，形成各种花斑；大小因种类而异，大者展翅可达 24 厘米，小者仅 1.6 厘米。头部有一对棍棒状触觉，一对复眼；口成喙。胸部有三对足，两对翅。种类甚多，全世界有一万四千多种；我国约有一千三百余种，多分布于台湾地区及云南省的西双版纳。

在文学作品中，使蝴蝶这种区区昆虫声名大噪的始作俑者，是战国时的哲学家庄子。他在《庄子·齐物论》中写道：“昔者，庄周梦为蝴蝶，栩栩然蝴蝶也，自喻适志与，不知周也。”自此之后，咏蝶者便在诗坛纷至沓来，络绎不绝。诗圣杜甫于安史之乱后，终于在成都西部草堂立足，有了安身之所，欣慰之余，写下了《江畔独步寻花七绝句》，其六中闪烁着“留连戏蝶时时舞，自在娇莺恰恰啼”这时空对应十分工稳的千古名句；同时代的诗人王贺，也写了春日雨晴后花团锦簇、蜂飞蝶舞的热闹景象，“蛱蝶飞来过墙去，却疑春色在邻家”；晚唐著名诗人李商隐在其至今成谜的《锦瑟》中写道，“庄生晓梦迷蝴蝶，望帝春心托杜鹃”，与距其千余年的《齐物论》相呼应；到了宋代，以蝶入诗词的文人更是不胜枚举，以毕生高卧深山的隐居之士如陶渊明、谢安为偶像的谢逸，竟写了三百余首咏蝶诗，时人戏称之为“谢蝴蝶”。

古人如此，今人亦然。

新文学运动拓荒者之一的胡适之先生，早在 1916 年，便开始了新诗的尝试。这一年的 7 月 26 日，他以洪钟大吕之声毅然宣布：“吾志决矣，吾自此以后，不更作文言诗词。”（《尝试集·自序》）1917 年 2 月 1 日，他第一个在《新青年》第 2 卷 6 号上发表了白话诗八首，比郭沫若 1921 年由上海东亚图书馆出版的《女神》早了四五年之久。《尝试集》中的《蝴蝶》一诗，写于 1916 年 8 月 23 日，在其文学创作的道路上，是一座熠熠生辉的里程碑，尽管作者自认为是写朋友间聚会离散的，但诗无达诂，窃以为该诗却有意无意地暗喻着白话诗脱颖于文言窠臼，如化茧为蝶的涅槃一般令人欣喜。

国人如此，外国人亦然。

以德语写作的犹太裔女诗人奈莉·萨克斯曾是 1996 年诺贝尔文学奖获得者。她以啼血之情，物化为蝶，阐释了二战之后，幸免于纳粹屠刀之下的以色列人的悲惨命运。在《蝴蝶》中，她写道："多么可爱的来世 / 绘在你的遗骸之上 / 你被引领穿过大地 / 燃烧的核心 / 穿过它石质的外壳 / 倏忽即逝的告别之网 / 蝴蝶 / 万物的幸福夜 / 生与死的重量 / 跟着你的羽翼下沉于 / 随光之逐渐回归圆熟而枯萎的 / 玫瑰之上 / 多么可爱的来世 / 绘在你的遗骸之上 / 多么尊贵的标志 / 在大气的秘密中。"

船江的这本诗集与德国女诗人在处理"蝴蝶"这一意象时，有异曲同工之妙，显然产生了震撼人心的"蝴蝶效应"，即起于秋毫之末的连锁反应。

在《蝴蝶沧海》中有"短暂的舞蹈 / 只能在花间筑巢 / 夏天的虫子 / 不足以话语冰雪的寒冷 / 大地深处的脱胎换骨 / 还没有共鸣海上的波涛"，短暂而绚烂的叹息被诗人画在波涛之间。诗人坦诚地抒发着留恋之情，更在诗歌最后高歌并翘盼"蝴蝶一定是飞越了沧海 / 玄妙的彼岸 / 四季飘洒着花瓣 / 你没看见吗 / 蝴蝶正在与凤凰一起翱翔"。抒情作为一种特殊的文学反映方式，映射着诗人的精神世界，在一定程度上，也从一个侧面反映出社会生活的精神面貌。经过艺术加工并通过在意识中对现实的审美改造，诗句抵达心灵之自由，涤荡情感之释放。

在《蝴蝶琥珀》中，我们循着诗人的目光看到"一个懵懂的少年 / 捡拾到了蝴蝶和眼泪 / 却又将她无声无息地丢掉"；在《蝴蝶月亮》中，我们循着诗人的足迹来到"地球村落有多少双翅膀 / 是为了践行炉火烛光 / 乃至星星和太阳 / 只有一种会飞的花朵 / 短暂的一生都行走在 / 爱情的故乡"；在《铁蝴蝶》中，我们循着诗人的想象身临"温度的叛逆和季节的反差 / 只剩下雪花在真正地行动 / 冰层下没有什么可以赞叹的流行 / 海燕是汹涌大海上黑色的电闪 / 我不知道谁将成为雪原上的雷鸣”。遥想三十来年之前，船江等第一批二十来岁的青年人正从我习诗。彼时，适逢拙作《诗歌语言的奥秘》刚刚出版，书页间还散发着油墨香。在这本书里，我再三强调：诗歌的语言是反常合道的，所以它是诚实的谎言，是清醒的梦话、醉话和疯话。因为“诚实”与“清醒”，所以，它才“合道”；因为是“谎言”，是“梦话、醉话和疯话”，所以它才“反常”。诗人面对语法——这语言大法，常常是忤逆者、悖逆者和背叛者。他们总是以不法为法，并总是因此而心安理得，甚至因此而得意扬扬，得陇望蜀……鉴于此，面对上引的诗句，你就不该问：少年怎能捡拾到眼泪，爱情的故乡又在哪里，海燕焉能是黑色的电闪……

作者富有寥廓的当代诗歌视野，更浸透着浓厚的古典文学修养。得益于开阔的诗境，这本诗集同时收录了诗人艺术造诣颇高的古体诗歌。在节气篇中，诗人细腻地呢喃《春分》“汤圆粘嘴挂柴扉，荠菜正鲜草色微。南燕不来春过半，纸鸢却沐满天晖。浮冰难去愁鸥鹭，桃李未发怨子规。昼夜平分浅草色，北国立蛋比山巍”；《立夏》“小麦乘风布谷鸣，春花渐落果初成。骄阳之下皆红艳，煮酒青梅醉五更”；《秋分》“连阴夜雨柳无依，霜早风凉草色微。不染农家烟火色，丰收在望燕南飞”；《冬至》“南巡红日此中停，放纵北风冷锦屏。数九梅新贺亚岁，夜长正好数繁星”……读这样的诗句，眼前禁不住浮现出“天街小雨润如酥，草色遥看近却无”和“乱花渐欲迷人眼，浅草才能没马蹄”的早春景象；禁不住浮现出“毕竟西湖六月中，风光不与四时同。接天连叶无穷碧，映日荷花别样红。”的江南盛夏景象；浮现出“枯藤老树昏鸦，小桥流水人家，古道西风瘦马”的萧瑟秋景；浮现出“千山鸟飞绝，万径人踪灭。孤舟蓑笠翁，独钓寒江雪”的无鸟无人、无声无息又无精打采、无可奈何的寒冬景象……

诗人以独特的抒情为古体诗注入新鲜血液，同时又是一次“古典”与“现代”相互交融转化的新尝试。将内聚的情思转为外放，也是为古典国粹赋予现代生命。

诗集不仅是在诗歌体裁上的多元包容性的尝试，更是一次诗与画交相呼应的立体艺术体验。在古体诗中，诗人专有一个章节为《题王子和先生画组诗》。且看《屈子行吟图》中“苦吟楚骚漂泊身，涧松风骨已为尘。文笔发源江远大，一天一地一诗人”，道骨仙风的屈子跃然汨罗江畔，满腹忧患，一声叹息。且看《陶潜临风》中“陶潜临风不惧冷，无车无马未折腰。东篱醉卧菊花梦，月挂南山上九霄”。不为五斗米折腰的五柳先生正怡然田园，沉醉桃花源。且看《赤壁怀古》中“如血夕阳烧大江，东南花好艳无双。莫说水火无情物，借到东风助友邦”。历史的针脚秀在纸上，夕阳灼烧着东风的面庞，闭上眼，便是诗人勾画的“折戟沉沙铁未销”的古战场景象。这是诗中的画，而作者由画面而派生出的诗，则令“诗中的画”和“画中的诗”都充满了诗情画意，情趣盎然，意象万千。苏东坡在评价诗画合璧的王维时，曾一语中的：“诗中有画，画中有诗。”是的，“大漠孤烟直，长河落日圆”“明月松间照，清泉石上流”“江流天地外，山色有无中”“山中一夜雨，树杪百重泉”；“流水如有意，暮禽相与还”……哪一联不是一幅山水画卷？哪一联不是一曲山水颂歌？船江多年苦心孤诣，传承了中华民族源远流长的优秀文化传统，不能不令人击掌点赞!

末尾的《偶得篇》是最适结合诗人创作的境况来阐释的。那些刹那的闪光,思绪的灵动都被诗人精致捕捉,并以诗歌的形式呈现。如《喜获东京奥运会首金》《还乡祭祖》等,不论是引吭高歌,抑或是沉顿低吟,它们都一同逼真地还原着诗人最难忘的岁月随想。在古体诗短促体态中,霎时的激情被浇灌、凝固,诗情被定格在峰值,但余韵却绵延万里,丰饶无穷。

最后,让我们重新咀嚼诗集的题目,体味“蝴蝶”与诗人精神内核的交融,体味现代诗歌与古典诗词的碰撞“刹那”。“刹那”本是佛教术语,《仁王经》中记载,“一弹指六十刹那,一刹那九百生灭中”。“刹那”是极短暂时间的所指,“刹那”与“生灭”相联。诗人思索时间和生命的维度,将无数个“刹那”定格在诗句的字里行间。诗只是一种思维的载体,除了文学表述的辞藻精湛,诗人深具人文关怀与博爱意识的出发点也是这本诗集更具价值的所在。

正如诗人在《凤凰的羽毛》中所言:“追溯绿色的谷物 / 和黝黑的汗水 / 倾听百鸟朝拜的声响 / 珍珠穿越封锁和苦涩 / 戴在王冠上才不会 / 被太阳夺走海底蕴育的光芒”,这一个“刹那”——“凤凰是最成熟的季节 / 蝴蝶是凤凰的羽毛”。

呜呼,凤凰!雄为凤,雌为凰,百鸟之王也。鸡头,蛇颈,燕颔,龟背,鱼尾。亚圣人孟子曰,“凤凰之于飞鸟”;(《孟子·公孙丑上》)汉代《演孔图》曰,“凤,火之精也,生丹穴”;《山海经》曰:“丹穴之山,其上对金玉。……有鸟焉,其状如鸡,五采而文,名曰凤凰”;屈原渴盼“吾令凤鸟飞腾兮,继之以日夜”;司马迁赞曰，“凤凰不与燕雀为群”；(《史记·日者列传》)28 岁的郭沫若更是如梦如痴、如癫如狂地欢呼涅槃后新生的凤凰的和鸣：“我便是你 / 你便是我 / 火便是凰 / 凤便是火 / 翱翔！翱翔！/ 欢唱！欢唱！”……诗人以凤凰涅槃来抒发对“旧中国浴火重生”的深情期待……好一个“蝴蝶是凤凰的羽毛”！五彩蝴蝶一旦乘上了百鸟之王这一神奇载体，那么，写过“庄周晓梦迷蝴蝶”的李商隐，是不是该把“身无彩凤双飞翼”这一千古名句中的“无”改为“有”了呢?!

战国末期，儒家学派之集大成者荀子在《劝学》中曾说过：“木受绳则直，金就砺则利。”诚哉，斯言！一辈子独步诗坛，踽踽而行，蓦然回首，却见当年的众多弟子早已高扬旌旗，立马横刀，驰骋在诗的广袤无垠的原野上，攻城略地，收割了一本本诗集。船江自然是佼佼者之一。故，老朽虽为耄耋诗囚，却仍欣然为此书作序——姑妄言之，读者也就姑妄读之罢！

是为序。

2022 年 6 月 26 日

于哈尔滨诗缘斋

自　序

明天的蝴蝶和永远的童年

蝴蝶纤小美丽，童年柔弱纯真。蝴蝶展翅初飞，童年慈母相伴蹒跚学步，是我记忆中最美好的风景。天空再现高远，大地重见广阔，蝴蝶童年让我远离浮躁和寂寞。

蝴蝶的美丽，来自毛毛虫的坚韧不拔。诗人里尔克曾经说过“有何胜利而言，挺住就意味着一切”，毛毛虫挺住了世间的冷漠和嘲讽，终于成长为明天的蝴蝶。我要把掌声提前赠予毛毛虫，肯定别人的成长，本身就是一种美德。

童年的纯真得益于母爱的伟大，母亲呵护下的童年不知道世界上还有阴霾和冰霜。《道德经》有云，“知其雄，守其雌，为天下溪”，放下红尘利欲，守候住母亲为我们塑造的童心。无欲自强，清澈的心灵就不会被世俗垢染。

童心让青春永驻，蝴蝶让岁月无悔！

蝴蝶不会有涅槃成凤的幻想，童年也不会有得道成仙的奢求，平常可贵，平淡是真。

蝴蝶炫目，美化生活。童心纯真，感恩生命。世界随蝶飞舞问候花朵，世界随童心跳动访问和平。

我是一只默默无闻的毛毛虫，坚信有诗在我心中，就会有爱在我手中。一双热爱生活的手，就像春天的花枝，悠然的余香定会引来我生命中的蝴蝶事业和蝴蝶伴侣，我将与之共舞。

我立志守候童年净土，并将我心中的善良质朴，送给我身边的亲人朋友，祝福他们人生如蝴蝶般绚丽多彩，心灵如童年般宁静光明……

故名，是为序。

2023 年 4 月 19 日

于哈尔滨阿那斋

目录

节气·节日篇 / 1

春篇 / 17

夏篇 / 43

秋篇 / 57

冬篇 / 73

题王子和先生画组诗 / 83

古风篇·功臣的陨落 / 95

偶得篇 / 103

节气·节日篇

立　春(七律·新韵)

斗转星移遥指寅，
东方称帝土为臣。
北寒渐去风先软，
南雁将来雨后新。
冬麦返青承雪露，
春笋如玉蕴山珍。
纳吉化煞三星照，
长跪拜天拜母亲。

立　春(平水韵十一真)

夜叩柴门寒月新，
晴窗云散醒愁身。
北方冰雪今犹在，
一缕梅香就是春。

癸卯年咏兔（七律·平水韵四支）

生肖居四正春时，
长耳善听多巧思。
月老牵绳美赤眼，
文王吐子福西岐。
紫豪泼墨斗茶盏，
玉杵飘香捣药池。
敢与孙猴战抖擞，
满堂金玉有佳期。

元宵节（七律·平水韵二萧）

如烟星雨闹良宵，
灯供礼佛始汉朝。
狮舞龙游看百戏，
猜谜祈福赏千娇。
可荤可素团圆宴，
或绿或红杨柳腰。
初见情开明月夜，
逢春私语赛笙箫。

元宵节（七绝·平水韵二萧）

花灯焰火汉始烧，
丝竹达旦闹良宵。
情真初见月圆夜，
柳杨逢春皆细腰。

雨　水（平水韵一东）

浓妆洗净素晴空，
花草初萌雨更蒙。
塞外苍凉茶是雪，
润心润土润东风。

二月二龙抬头（七律·平水韵十一尤）

金躯耀眼已抬头，
转运纳祥好物候。
紫气远来丰五谷，
地神近拜盼金秋。
苍龙露角润天下，
鳞饼出炉香九州。
淑女莫夸针线巧，
烟村祈雨话别愁。

惊　蛰（平水韵十灰）

艳阳炒豆暖炉台，
南北梨白一树栽。
渐醒冬虫招旧部，
初迎春雨醉新醅。
何时粉翅鼓余震，
应景桃红谢又开。
悦耳黄鹂才半句，
绿蒙大地始惊雷。

春　分（七律·平水韵五微）

汤圆粘嘴挂柴扉，
荠菜正鲜草色微。
南燕不来春过半，
纸鸢却沐满天晖。
浮冰难去愁鸥鹭，
桃李未发怨子规。
昼夜平分浅草色，
北国立蛋比山巍。

清　明（七律·平水韵八庚）

冰涣雪融水自清，
暮春美景乐相迎。
绵山忠义寒食冷，
坟冢哀思烛火明。
慵懒东风深吐纳，
殷勤喜鹊浅回声。
此时不雨何时雨？
杯酒即停早备耕。

谷　雨（平水韵十一真）

农人自古力千钧，
破土新秧雨洗尘。
桃李劝君多珍重，
此节过后已无春。

立　夏（平水韵八庚）

小麦乘风布谷鸣，
春花渐落果初成。
骄阳之下皆红艳，
煮酒青梅醉五更。

立　夏（平水韵八庚）

花香起舞落门庭，
碧缕成荫柳色青。
光景寸金春又去，
只留莺语偶叮咛。

小　满（唐韵）

江河渐满水天来，
苦菜向阳自在开。
麦壮温高未大壮，
稻秧入垄草先衰。

芒　种（平水韵七阳）

青天渐火麦正黄，
莫误佳期插稻秧。
仗剑今别花亦去，
一壶煮酒淬锋芒。

夏　至（新韵）

红日孤悬今最高，
疾雷骤雨未辞劳。
初荷散叶盼新月，
知了登枝唱碧涛。
新麦飘香千里客，
彩云送暖万年烧。
此节当令莫说苦，
逝水匆匆能几遭？

小　暑（平水韵一东）

新麦初香随热风，
今来骤雨落花红。
旧宅蟋蟀是新客，
白藕绿芽玉碗中。

头　伏（平水韵八庚）

金藏夏至起三庚，
热浪排空湿北城。
最喜农家包水饺，
一炉柴火顿熏烹。

大　暑（新韵）

狂风暴雨打花枝，
姜晒香烧重祛湿。
斗蟀暂歇萤火晚，
农家双抢正当时。

立　秋（平水韵七阳）

劳燕声声辞故堂，
东流九曲入愁肠。
菊花未瘦蝶先瘦，
一盏西风一盏香。

立秋之一叶知秋（平水韵一东）

黄草白荻叶渐红，
花容不整怨西风。
我今若不率先舞，
哪有金樽暖夜空。

处　暑（平水韵二萧）

风至瓜熟暑气消，
谢恩厚土秋正高。
肥鸭一碗家无病，
祭祖火烛随水漂。

白　露（平水韵四支）

谷熟难掩草衰姿，
晨雾渐白粉翅湿。
玄鸟已愁归路远，
露凝秋叶洗胭脂。

秋　分（平水韵五微）

连阴夜雨柳无依，
霜早风凉草色微。
不染农家烟火色，
丰收在望燕南飞。

重阳节（平水韵七阳）

远山寂寥云衣裳，
红叶登高秋未央。
肇始新元贺双九，
思亲夜雨祭重阳。

寒　露（平水韵二冬）

南国此日秋方浓，
漠北去雁已渐冬。
近钓蟹肥无暖树，
远足风烈满菊丛。

寒　露（平水韵一东）

一船渔火映枫红，
树瑟花凋霜月空。
对岸芦荻可共老，
寒江却与水向东。

霜　降（平水韵七阳）

昨兴云雨今凝霜，
果蜜虫休草木黄。
非是天荒花即老，
亭菊独占满园香。

立冬初雪（新韵）

一树风尘半树白，
条条别柳挂银钗。
风寒水冷谁相许?
一片冰心乘雪来。

立冬初雪（平水韵十灰）

木萧雪舞北风催，
晚钓渔翁仍未回。
世人不解冰清骨，
冻笔也能画蜡梅。

小雪节气有感(古风)

野旷草木凋，
江寒月迢迢。
一鸥息私语，
天地顿萧萧。
莫道冬色晚，
且看雪初飘。
冰心唯我有，
随风到今宵。

大　雪(平水韵二冬)

山鸟不鸣盖险峰，
江河银锁船疏慵。
马兰初嫩何言冷?
不表冰心不是冬。

冬　至（平水韵九青）

南巡红日此中停，
放纵北风冷锦屏。
数九梅新贺亚岁，
夜长正好数繁星。

小　寒（平水韵十一尤）

白云化雪又飘愁，
土冷梅开河未流。
鹃鹊少食今可否？
一牙寒月挂枝头。

腊　八（平水韵十一真）

枝寒未阻蜡梅新，
冰雪当家净扫尘。
五味菩提粥满碗，
今封米醋可迎春。

腊八节（新韵）

天寒粥暖雪纷纷，
祭祖祈福已近春。
问君下巴今安否？
一树梨白花径深。

元旦逢雪（平水韵一先）

北风生猛雪如烟，
玄帝迎新撒万钱。
树老不愿辞旧岁，
无端霜鬓又一年。

大　寒（平水韵六麻）

寒枝霜挂透烟霞，
雪海冰帆到树家。
青帝遣臣来不得，
顽蛮沉雾锁春花。

大　寒(平水韵十二侵)

极致冷风雪径深，
寒枝未显香难寻。
他乡送客酒当满，
路上春光踏我心。

春节逢大寒有感(新韵)

莫道初一即是春，
北风洗地雪盈门。
不知寂寞因谁冷?
寒透梅花冰我心。

小　年(平水韵十一真)

岁经今日始迎新，
喜庆何须问富贫。
为祈福多同祭灶，
因求病少共除尘。
鸡豚丰盛回亲友，
糖果香甜送诸神。
积善人家言好事，
渐浓年味酒香纯。

春篇

春　雪（七律·平水韵六麻）

干枝少叶满银花，
天上清凉吻绿芽。
只盼早莺知我意，
能将晚翠当汝家。
春来未必辞白首，
冬去却能润彩霞。
已任相思包夜场，
雪蒙大地月蒙纱。

春　雨（七律·平水韵五歌）

玉盘珠落鼓情歌，
残雪风尘入碧波。
叶蕾初开香万点，
蓑翁未老钓千河。
佳人闺怨湿罗帕，
美酒承欢润梦柯。
最喜夜来花色早，
春潮尚浅水蹉跎。

踏雪江畔寻春(七律·平水韵十二文)

半江蓝透半江云，
还有半江弄水纹。
两岸轻浮烟火气，
一船劲爽胜花薰。
寻春进而入仙境，
踏雪何须驱马群。
不慕南国早红杏，
缤纷未见已逢君。

春　茶(七律·平水韵四支)

抖落清霜展嫩姿，
芽新茸重正当时。
雾山丝雨尘无迹，
竹盏仙汤露有滋。
龙井不愁香郁远，
毛尖莫恐回甘迟。
今朝片绿堪国色，
一泡悠然忘去期。

牡　丹(平水韵七阳)

他艳再争亦小芳，
花开边地仍为王。
竟羞笔墨少章法，
难绘千姿难绘香。

牡　丹(平水韵二冬)

红冠花国慢女皇，
丹心铁骨亦情长。
本来同是帝京主，
何惧冷风向洛阳。

无　题(平水韵十一尤)

冰雪未融月似勾，
孤独铁剑不登楼。
离歌一曲春风懒，
未展风骚志未酬。

初　春（平水韵一东）

土软冰晶雪映红，
向阳苔绿倚东风。
云高不忘燕来路，
一朵相思扫碧空。

踏雪江畔寻春（平水韵十二文）

半是蓝天半是云，
一江凉爽胜花薰。
寻春进而寻仙境，
未见缤纷已见君。

北国春江（平水韵二冬）

四季悠悠一半冬，
三春过半雪仍浓。
今朝又见满天雪，
却是白鸥水上冲。

见江上冰花有感（平水韵六麻）

雪融土软润田家，
慵懒东风未透纱。
莫叹北国春色晚，
半江浩荡半江花。

雨　雪（平水韵七阳）

春冰奔海水中央，
云厚风平日少光。
冷雨千行成字画，
雪飘一片入文章。

冰凌花（平水韵七阳）

破冰幽谷真凝香，
一朵催春战甲黄。
不屑他芳争艳晚，
敢将寒雪饰戎装。

栀子花（平水韵十二侵）

银为花瓣蕊为金，
守候冬寒情最深。
一缕清香半生远，
白头相见知我心。

栀子花（平水韵十一尤）

不妖不媚自风流，
光亮常青照婉柔。
坚守高洁开胜雪，
情深何惧到白头。

三月寻花未遇（平水韵十灰）

寻芳踏草几徘徊，
南燕未归花不来。
怒涌春潮冰作岸，
半生沧海酒一杯。

连　翘（平水韵十二侵）

高挂嫩枝一树金，
春光最喜睡花阴。
香来细品入灵药，
梦里盛开撩我心。

连　翘（平水韵十一真）

雪融草浅起风尘，
一簇孤芳即醉人。
花早何须等绿叶，
金枝翘首已迎春。

迎春花（平水韵四支）

金条串串却低枝，
亲率百花向北迟。
我若不迎春少色，
一开即是满园诗。

春　雨(平水韵六麻)

昨夜绿城早润花，
东风湿透自天涯。
闲云一斗谁先饮?
深巷芬芳到我家。

旗天一色(平水韵六麻)

晨曦溢彩水开花，
五星闪烁映飞霞。
海鸥金镀春潮早，
红日如约到渔家。

春　山(平水韵十灰)

日暖屠苏携梦来，
香枝初醒无人栽。
远山非是风光少，
红紫探春就近开。

蒲公英（平水韵三江）

叶翠花金过大江，
春光比翼草无双。
非因菜味得新宠，
长忆故园少酱缸。

蒲公英（平水韵七阳）

东北天寒地未荒，
落红风烈话悲凉。
可怜街市少风野，
方寸之间绽孤芳。

野　花（平水韵七阳）

蝴蝶难有风无香，
四月北国少艳阳。
千顷春光非是主，
花开方寸我为王。

春　风（平水韵一东）

丝雨蒙蒙江水匆，
细梳杨柳日曈曈。
春风最似女儿面，
吹过梨白吹粉红。

迎　春（平水韵一东）

莫叹岁于天命中，
风光也可三十同。
敢将霜鬓入春画，
又把红桃惹暖风。

晨　思（平水韵九青）

因君入梦不能醒，
执手相顾泪未停。
擅入春光已放肆，
无端飞鸟扰叮咛。

相　思（平水韵四支）

若有相思不寂寞，
三千寂寞一相思。
都说离恨诗方好，
我送相思不送诗。

初见春花一朵黄（平水韵一先）

无非幽谷或山川，
贫女朱门一片天。
远足寻芳歌古调，
黄花一朵是花仙。

盼　春（平水韵四支）

浅萌春色蝶来迟，
跋涉东风理嫩枝。
早早一杯花下酒，
半园梅雪半园诗。

松花江之春(平水韵十三元)

冰凌仍锁半江门，
岸柳一缕祭旧魂。
争早花枝叶将绿，
犹及鸥来秀温存。

君子兰(平水韵一先)

大名自古香人间，
蝶翅欲飞值万钱。
常警世人执慧剑，
丹心碧海照青天。

君子兰(平水韵十一真)

花容如炬真精神，
碧玉衣裳四季新。
世界属君颜色好，
莫辞尽放满园春。

君子兰（平水韵六麻）

无情碧剑绿无涯，
自重清高聚散沙。
未请春风多造次，
原来君子也惜花。

春　雨（平水韵六麻）

杨柳绿城梦落花，
衣湿风冷客京华。
乡愁不去席不散，
一曲东风到我家。

春　雪（平水韵六麻）

（一）

冷风穿树漫天涯，
裹挟远朋入酒家。
不悔今宵即过客，
山溪指日唱春花。

（二）

门前无处不蒙纱，
琼屑携风杨柳斜。
二月剪刀哪里去?
巧裁霞瑞作春花。

春　雪（平水韵五歌）

一冬飞雪春来多，
巢冷树寒鸦奈何。
自古北国梅蕊晚，
冰河未解卧烟波。

春　雪（平水韵十二侵）

众香未至玉沙深。
风起若蝶遍树林。
就认花来开似雪，
不违塞北盼春心。

二月雪（平水韵五微）

北国二月乱穿衣，
料峭重回春杏稀。
才想散枝承雨露，
一瓢冷雪阻生机。

读《春江花月夜》有感（平水韵四支）

寒窗未必得真知，
除却春江少见诗。
福浅无知入幻境，
拙思念刻一生痴。

茶　山（平水韵十二侵）

芽贵茗佳未染尘，
云生水绕嫩枝新。
报春夹路皆黄色，
步步登高步步金。

惜　春(七律·新韵)

东风有信叩蓬门，
燕子千回寻故人。
长叹梅枝空遗恨，
可怜残雪了无痕。
只闻闭户盼新报，
不复出游祭旧魂。
何问相思酒去处，
故乡老树最惜春。

春(新韵)

竹林笋嫩百花香，
旦日芳熏耕种忙。
士气如虹风起舞，
心潮澎湃云飞扬。
冈峦融雪春光暖，
刀火开荒渠水凉。
知己郊游歌古调，
日出蝶舞雁成行。

注：这首诗是合字藏头诗，每两个字合成一个字，你能猜出藏头诗的这四个字吗？

春　怨(新韵)

(一)

夜寒心冷盼春风，
祈祷平安到五更。
纵有满怀烦恼事，
只发百姓疾苦声。

(二)

长盼春回百业兴，
新冠肆虐何时轻?
莫说骚客多悲怨，
同为人间祈太平。

春　江(新韵)

白鸥今至水犹寒，
风洗晴空云未安。
积雪逢春成过客，
半江流水半江帆。

花　雨（新韵）

芍药有格风少情，
流连蜂蝶已无踪。
雨时忽梦少年夜，
一地香唇叹此生。

牡丹吟（新韵）

过火绿丛色最红，
白头偶尔亦从容。
奇姿每被京城动，
铁骨无须蝶与蜂。

双枝君子兰（新韵）

你若盛开我也开，
芬芳并蒂本无猜。
春光共享不睡觉，
明月君心入我怀。

花　苞(新韵)

（一）

年来最贵属花苞，
点点相思香未飘。
花若盛开花亦老，
只把蹉跎当春宵。

（二）

春初最喜赏花苞，
点点相思香暗飘。
你若今开春未老，
犹及早岁舞蜂腰。

春　夜(古风)

星光镀衣逝水东，
手捧夜色月朦胧。
对饮未醉谁先舞，
桃面从来向春风。

风　筝(古风)

杏花初蕊占先机，
泉眼清凉汇小溪。
又见天地牵一线，
童心春心两相依。

盼　春(古风)

南望京都美枝丫，
青帝姗姗几时发?
冰城四月无消息，
盼了春雨盼春花。

迎　春(古风)

祁红一盏去祁寒，
巍峨华夏绣巍山。
幸有梅雪组春画，
运自东来紫气澜。

春　雪（古风）

（一）

大地绵绵少人行，
杨柳负重草未青。
寒鸦又愁冬食少，
不知丰年雪相迎。

（二）

盼蝶盼香还未至，
十分春色雪七分。
莫闲前路出彩晚，
花枝已然招旧魂。

（三）

花草未至雪又至，
寒英从不负冰城。
但愿五月君不去，
梨花一树伴桃红。

残　雪（古风）

冰雪从来未分家，
春风化水共天涯。
路难莫责君细看，
润了茗茶润春花。

松花江之春（古风）

冰凌难解一江愁，
斜阳似火照桥头。
江鸥一路戏云水，
君来即是好物候。

北国之春（古风）

北国清明春方至，
红日凌波鸥展翅。
当赞黑土冬雪足，
野菜正鲜早街市。

盼　春（古风）

（一）

几度盼春春不至，
常劝莫愁愁仍是。
原来我心比南燕，
不见梅开不展翅。

（二）

春花未至草为客，
蜂蝶不来少颜色。
攒了一冬望春心，
老树远山仍寂寞。

春　雨（古风）

谁言夜雨闻肠断，
春水浩荡景色新。
劲舞何须歌高放，
深巷杏花动我心。

大地喜雨（古风）

陈酒甘霖万物发，
德厚物丰喜农家。
仁者乐山听雷远，
明朝聚友赏杏花。

春　树（古风）

飞雪窥窗夜叩门，
老树不语藏春魂。
只怕叶落无人赏，
犹抱寂寞待王孙。

春　江（古风）

（一）

冰凌今叹已无家，
雪花归隐翻浪花。
别有江天含日月，
暖了两岸暖寒鸭。

（二）

碧空如洗云如烟，
白鸥今至水犹寒。
莫嫌春风融雪晚，
一江流水一江帆。

菩萨蛮·牡丹

莫说四月春光老，
丰姿绰约花容好。
玄女织锦团，
天香积云端。
婷婷蝶起舞，
缓缓王公驻。
独怜风雨摧，
寂落辜负谁?

春归（平水韵十一尤）

春归弯月魂一缕，
无奈窗前两扇愁。
垂柳殷殷太造次，
条条离恨付东流。

夏篇

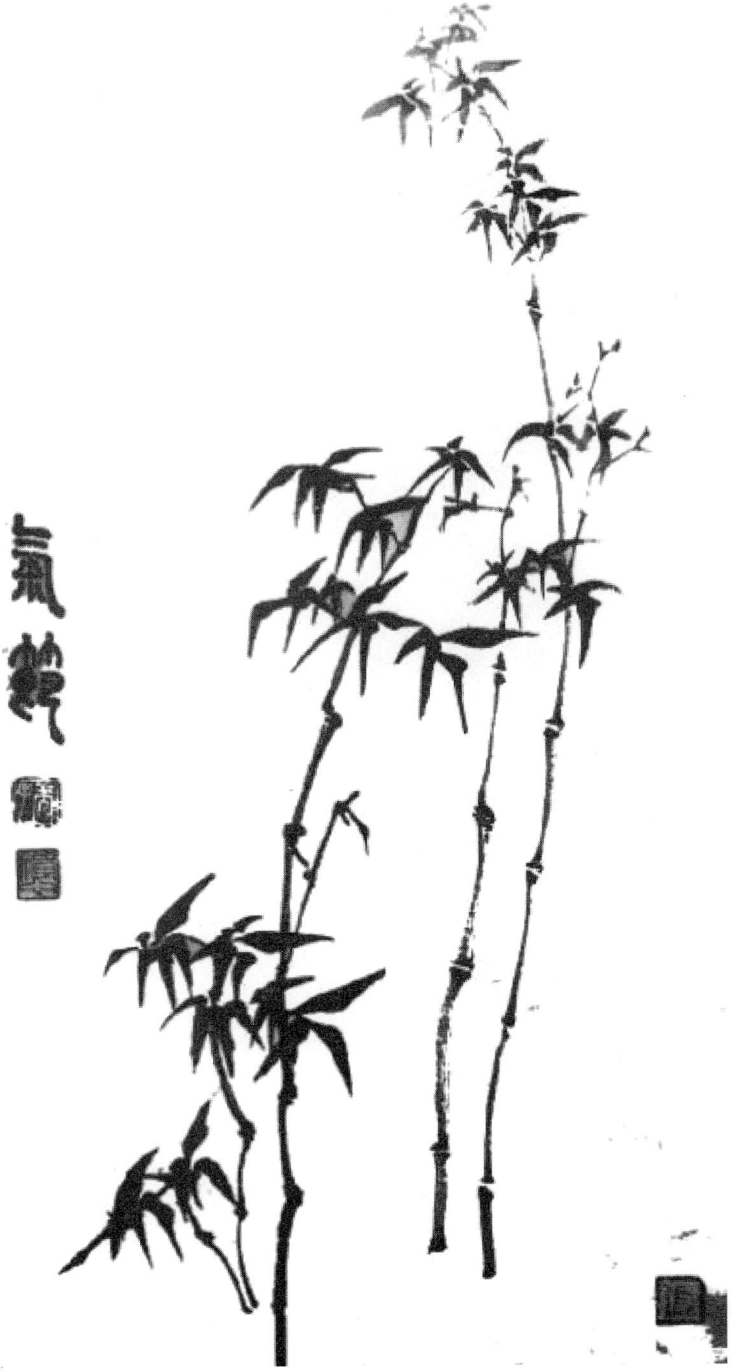

咏白海棠（七律·平水韵十三元）

花开疑是雪盈门，
不慕仙山居玉盆。
香淡亦招蝶起舞，
情真更惹人留魂。
一枝白嫩描国色，
几片晶冰化墨痕。
自古名花皆有主，
今来侯府亮黄昏。

蔷　薇（平水韵十一真）

痴情绕舍香袭人，
不似他芳若草身。
五色问君喜哪色?
自带锋芒护绿茵。

乡　居（平水韵六麻）

一亩闲居半亩花，
浮生偶闲日西斜。
东风桃李皆为客，
飞去天边衬晚霞。

北戴河观日出有感（平水韵十二侵）

远浪迢迢渔火深，
星辰隐隐雾沉沉。
鸥翔云天天在海，
红日与人一样新。

赏　梅（平水韵一先）

闲来最喜驻花田，
软软香风树下眠。
若有八斗长短句，
七斗用来赞梅仙。

观花有感（平水韵十一真）

满目花红满目春，
香风易老结芳邻。
花间忽忆少年事，
朵朵含羞皆故人。

镜泊湖瀑布（平水韵四支）

醉卧烟波花满枝，
闲庭漫步九霄池。
何须再问水来处，
与你相逢即是诗。

菱角花（平水韵六麻）

香波一路净风沙，
逝水三千何处家?
任尔红尘雷雨盛，
浪花淘尽我开花。

屈　原（平水韵五歌）

楚乡千载放悲歌，
屈子舍身跃汨罗。
宁肯凝香沉逝水，
不随萧艾逐余波。

端午感怀（平水韵十一真）

汨罗江水洗华夏，
洗净艾萧福后人。
香草难寻千古怨，
高怀日月雨一身。

五月飞雪（平水韵八庚）

花枝雪冷散春城，
落寞红梅已无争。
桃粉未识故人面，
笑我前世误此生。

野　花（平水韵五微）

北国夏至春才回，
远看蝴蝶花海飞。
风野自生何须主，
自妆红粉自芳菲。

初　荷（平水韵五歌）

浮生朝露泪婆娑，
高举花红舞探戈。
泥里何愁风雨里，
无穷新绿无穷波。

游贝加尔湖感言（新韵）

碧玉无垠山做帆，
自兴波浪自连天。
雾岚袅袅云遮树，
灵雀翩翩雨打船。
亘古水甜鱼正美，
初秋花艳酒犹酣。
谁说世上无仙境，
今日方知在此间。

如梦令（译莎翁名句）

君道喜风欢雨，
怎又闭窗帷举？
曙日誓相随，
却赴林荫听曲。
求侣，求侣，
妾惑无心身许！

无　题(译莎翁名句)

(一)(新韵)

喜雨为何携伞行?
慕风怎又闭朱棂。
追阳却羡林荫爽,
今道爱奴亦假情。

(二)(十一真平水韵)

喜雨常栖伞下身,
慕风闭户几时真。
爱阳却赴清凉处,
不解君心累美人。

盆　花

(一)(平水韵六麻)

不慕蜂蝶嫩绿芽,
金菊绕篱我居家。
水肥丰俭随君意,
开罢名花看我花。

(二)(古风)

长生无人栽，
只要有春来。
花香无大小，
寸土向阳开。

宝钗扑蝶(新韵)

贵妃未醉饯花仙，
彩扇粉蝶谁欲前。
一路香风绕杨柳，
是非原在翠亭间。

香菱学诗

(一)(新韵)

喜生悲怨世应怜，
何苦莲池仿杜篇。
有意转合荒唐史，
却将平仄隐花间。

（二）（四支平水韵）

应怜菱角落莲池，
荷隐渔舟采获时。
即便拾来玲珑语，
月寒夜半误归期。

（三）（新韵）

喜生悲怨最应怜，
何苦再吟月意篇。
若汇杜诗愁万点，
可及梦里绛珠仙。

梦　乡（新韵）

窗外远山围绿墙，
无边风景此间藏。
忽来急雨院盈水，
不忍晚晴踩月星。

黛玉埋香（七律·新韵）

桃李藤萝一院间，
若值花季几时眠。
故园恩断愁千片，
侯府香折泪满天。
莫厌空枝疾雨后，
当闻玉碎福泽前。
春归丘冢情难尽，
哪片飞红不自怜？

冰城芍药（古风）

殿春婉娩开从容，
芍妹含蓄向北生。
无畏地寒承露冷，
献了花香献千红。

端午感怀（古风）

遍地野花朵朵金，
红白偶尔鸟空吟。
萧多兰少可无奈？
冰心丹心皆吾心。

丁　香（古风）

紫霞仙子散幽香，
千朵万朵绣霓裳。
纷纷桃李随春去，
独占冰城第一芳。

苦丁香（古风）

星光洒泪下凡尘，
千点万点凝花魂。
不怨地寒苦自己，
熏香长夜醉佳人。

入　伏（古风）

暑盛地热薰柳枝，
骄阳穿树射花池。
学童归家慈母乐，
忙吹热汤端饺子。

观景有感(古风)

飞瀑如泪隐石猴，
此生未修暗自愁。
千山迢迢何人渡?
逝水如酒一醉休。

橄榄山感怀(古风)

凤蝶翩跹未怕人，
卷丹长笑远风尘。
世俗烟火都不见，
只留灵心唱阿门。

银　杏(古风)

千古一树一身骨，
英姿自赏何须花。
沧海桑田都亲历，
我在即是帝王家。

茅兰沟（古风）

顽石密布不见天，
林海高低隐幽兰。
山鸟为何独醒我？
清泉一捧洗心尖。

忆秦娥·屈原

端午节，
楚乡千载无眠夜。
无眠夜，
艾萧依旧，
椒兰凋谢。
人人皆醉我独醒，
滔滔逝水风呜咽。
风呜咽，
魂归故国，
丹心不灭。

秋篇

国庆江北寻秋有感（七律·平水韵十二文）

国旗正艳花缤纷，
懒散西风吹水纹。
天淡只因霜树晚，
香浓刚好早春熏。
芙蕖藏藕鸭浮水，
芦苇飞荻鹤入云。
莫叹仲秋颜色少，
明来夜雨又逢君。

秋　叶（平水韵一东）

星海渡劫逝水匆，
支撑夜色睡鸣虫。
风霜尽染谁知我?
五彩群山一叶中。

秋　江（平水韵六麻）

风到无边江是海，
鸥鹭豪放入云家。
菱角漂泊终有汛，
半江波浪半江花。

江上偶得（平水韵五歌）

白首苦吟诗蹉跎，
只因缘浅起风波。
水怀余恨终归海，
爱到忘情难放歌。

满江秋（平水韵十一尤）

草枯叶落百花休，
归雁匆匆水东流。
大隐当隐骄阳下，
一人钓起满江秋。

哈尔滨之秋（平水韵一东）

飒飒金风洗碧空，
百花蔫退隐树丛。
十全秋色丰天下，
将有五分在冰中。

咏秋荷（平水韵五微）

风凉水瘦蝶难飞，
六月花神今已归。
空守蛙鸣何处诉？
清平莲藕敞心扉。

荻　花（新韵）

何人热血染秋红？
芦苇白头似雪中。
对岸荻花留我住，
又隔寒江几多重。

咏秋海棠（平水韵十一真）

思乡淡雅色缤纷，
解语向来懂远人。
暗恋金风花不去，
今随白帝不思春。

昙　花(新韵)

不慕骄阳向月生，
素衣佩剑夜倾城。
惜别千里香犹在，
一瞬春宵即永恒。

嫦　娥(平水韵四支)

广寒宫冷未相宜，
桂树无春空守枝。
已悔仙身恨灵药，
不及七夕有约期。

七　夕(平水韵十一真)

王母凿河恨水深，
相思千载第一人。
灵心喜鹊飞星斗，
不负牵牛夜夜心。

口占一绝(平水韵十二文)

红旗招展花缤纷，
懒散荻花一树云。
秋淡只因霜色晚，
未逢红叶已逢君。

秋草丛中一花黄(平水韵十五删)

蜂蝶已远西风蛮，
兀自花开为哪般?
国色从不朝青帝，
只披金甲护江山。

菊　花

(一)(平水韵七阳)

虎旅踩生金甲黄，
霜刀雪剑踏八荒。
谁堪此阵谁来战?
攒够浓香登庙堂。

（二）（平水韵十灰）

金丝银缕向阳开，
一朵千军香自来。
非是争秋兀自艳，
群芳怯场独登台。

秋　菊（平水韵十二侵）

又是一年山果荫，
才知花落亦同心。
秋菊不解多黄色，
却道蜂蝶也拜金。

桂　花（平水韵六麻）

锦霞乘月降仙葩，
酿得金秋香万家。
纵然未见嫦娥悔，
亦是相思不二花。

秋　色（平水韵四支）

金风自主摇金枝，
寒树清霜照冷池。
莫叹秋残无美艳，
孤芳自赏正当时。

秋（平水韵二萧）

冷雨更催草木凋，
佳人无影空听箫。
落红不解秋风意，
一地相思一叶飘。

秋　思（平水韵十一尤）

秋近池塘花草愁，
黄菱白藕满园收。
金风不忍闻折柳，
山鸟无端叫不休。

晚　秋(平水韵七阳)

风瑟水寒草木荒，
蜂蝶无奈几愁肠。
野芳得地呈骄态，
竟笑春花愧艳阳。

惜　福(平水韵七阳)

惜福莫如惜米粮，
平生风水此间藏。
若知粒米比山大，
一碗青天一碗香。

敦　煌(平水韵四豪)

万里黄沙金错刀，
神工圣手未辞劳。
欧洲八万四千堡，
不比敦煌一莫高。

秋雨夜醉(平水韵十一真)

长夜隔窗秋雨频，
梦里蝴蝶戏仲春。
黎明扫帚仍沉醉，
云扫相思风扫尘。

秋　草(平水韵七阳)

风烈水寒金果香，
丰年老友乐回肠。
野草得时亦霸道，
竟携烈火向夕阳。

无　题(平水韵十一真)

黄叶千山月又新，
花红易老薜萝身。
不知离恨因谁起?
常为相思怨故人。

国士无双（平水韵八庚）

米粒一颗装世界，
丰年永续即无争。
铲除饥苦真国士，
古今中外一隆平。

无　题（平水韵十二侵）

长悲春色随风落，
未见秋时果树荫。
累世所思皆妄念，
红尘通透亦愚心。

野　草（平水韵一东）

不占农田君子风，
自生自灭自芳丛。
敢夸天下第一艳，
哪朵春花比火红？

蝴　蝶

（一）（古风）

长恨西风惹香落，
一樽甜酒入梦深。
才知红粉曾许我，
金秋无果愧芳心。

（二）（平水韵十二侵）

潮起潮落觅知音，
明月儿时绣满襟。
纵是花海香有尽，
落红共舞总初心。

秋　思（古风）

一羽白鸥溯水上，
无边相思入碧波。
莫道秋风不多情，
哪片菊花不识我？

秋　思(古风)

(一)

霜染金秋雁先知，
一笔残荷绘空池。
岸边已种离恨柳，
我种情诗寄相思。

(二)

久疏诗话饱风尘，
金玉梦幻何处寻?
醉饮不知邀明月，
才任星辉镀满身。

(三)

情多误我相思泪，
一树江荻枉白头。
秋风也学人易老，
吹散花红下西楼。

（四）

情到秋深方知味，
美在人心各不同。
相逢何必等良月，
借来相思映霜红。

（五）

五色远山花是魂，
今胜梅雪枉争春。
如今霜叶成一统，
入了蓬户入朱门。

（六）

叶花争秋莫相轻，
本是同根未同名。
叶总逊花千娇媚，
花又欠叶一世情。

杨梅赞（古风）

杨梅止渴比琼浆，
卫护元气纳清凉。
东篱菊艳花虽好，
幸有红果酿秋香。

昙　花（古风）

不慕骄阳不惧黑，
孤芳村野蝶难追。
此生只为香月下，
相思苦短人未归。

江　秋（古风）

莫羡远树高百尺，
红叶深处方是家。
秋风怜我相思苦，
半老江荻扮春花。

红　叶（古风）

落叶年年空无音，
秋来犹自舞风尘。
不知聚散因何起?
除却相思无二身。

骄　阳（古风）

日出东海万丈高，
幽谷生辉照碧涛。
正午不用说情话，
相思与我一起烧。

蝶恋花·黛玉埋香

似梦青春无永驻，
桃李忧愁，
不愿东风顾。
蜂蝶翩翩游乐处，
却临骤雨愁归路。
绝代佳人谁忍负？
一片空枝，
妆落何人助。
黛玉埋香悲日暮，
相思刻骨情无数。

冬篇

冰雪如画（平水韵一东）

水晶天降挂灯红，
芳树银装御冷风。
明月依谁增美色？
北国已入童话中。

初　雪（平水韵六麻）

风来处处见飞花，
朵朵寒酥映晚霞。
菊后莫愁颜色少，
今朝入户喜农家。

初　雪（平水韵二萧）

初来白嫩无限娇，
铺满寒江连碧霄。
学子得闲当纸画，
清茶炉火攒春潮。

冬　雨（平水韵四支）

枯枝不整树白眉，
冬月北国雨似锥。
红粉无须咏绝唱，
握别不必北风吹。

松花江之冬（平水韵一先）

冰为甲板最平川，
两岸是舷雪做船。
满载寒冬江不语，
孤帆东望入云天。

雪　愁（平水韵十一尤）

杨柳折枝雪未休，
苍茫大地竟白头。
才呼美景就成害，
坎坷冰途让我愁。

冰雪大世界（平水韵十二真）

雪宫冰殿了无尘，
席地北风花满身。
才筑银河捧皓月，
又呈五彩塑纯真。

冬　树（平水韵一东）

莫因衣繁怨寒空，
春潮此时隐冰中。
可怜霜花比雪冷，
独上高枝沐北风。

雨（平水韵二冬）

田野湿滑洗劲松，
暖风雷电净芙蓉。
才将瓜果淋蜂蜜，
又化雪冰盖险峰。

冬(平水韵六麻)

雪柴冰灶树为家,
披挂浓霜面似纱。
青帝遣臣成铁马,
却来晨雾锁朝霞。

雪　夜(平水韵十三元)

云碎竹折日又昏,
冰寒香散路无门。
如今十五花灯夜,
梅雪上桌月满盆。

见江北树挂偶得七绝(平水韵二冬)

莫因无艳慢寒冬,
青帝元神藏雪峰。
夹道霜花开不尽,
高洁本色挂青松。

冰　雕（平水韵六麻）

灵光五彩映云霞，
岁月清凉玉女家。
水若情真当自立，
冰能无我亦开花。

盼　梅（平水韵十一真）

又逢凝雨暗思春，
瑟瑟锦园净少尘。
霜重衾寒绣被冷，
盼到梅花迎远人。

冰雪争冬（平水韵十一真）

有冰无雪玉蒙尘，
有雪无冰弱水深。
千里冰心寄皓月，
梨花万朵送骚人。

冬(平水韵十一尤)

春光已逝满园愁，
冰酒玉壶冷翠裘。
窗幔不沾烟火气，
寒英无奈挂枝头。

冬江花月夜(平水韵一东)

孤星冷月苦寒中，
冰满冬江卧北风。
绣床长叹无香夜，
仙藻入门烛影空。

雪树霜枝(平水韵一东)

浩荡春心藏树中，
三千烦恼缀疏桐。
原来霜雪也争宠，
齐上高枝拥北风。

雪（新韵）

（一）

初到银砂最嫩白，
天高心境却无猜。
再来数九已老厚，
劲扫红尘风满怀。

（二）

群芳开罢我今开，
寂寥冬枝朵朵白。
大地新衣谁巧手，
冰心织女九天来。

冬　怨（新韵）

冰城银粟几多白，
冷树寒鸦风北来。
长叹蜂蝶无去处，
不知春色会重开。

白桦傲雪（新韵）

高洁突兀几时栽？
风扫冰寒无绿苔。
常笑梅花不敢语，
雪临天下我争白。

雪　思（古风）

（一）

莫道争春只梅雪，
还有桦树三分白。
寒鸦只恨冬不去，
不知梅从雪中来。

（二）

相思无由空寂寞，
哪知寂寞毁青丝。
自此传情用瑞叶，
任那相思满霜枝。

松（古风）

无论仙境与人间，
占尽风光傲竹兰。
千年四季朝天碧，
笑罢风雨笑严寒。

雪临冬江（古风）

春送流水今成冰，
扁舟不渡人未行。
可怜琼华开无主，
一见冬江即钟情。

大美方林（古风）

松江浩荡入林海，
才知木香胜花香。
北国瑞叶何处秀，
方林无处不雪乡。

题王子和先生画组诗

高山流水（古风）

朱弦铮铮云水高，
一担琴曲乐山樵。
知音已归春深处，
再无绝唱到碧霄。

老子出关（古风）

天地不生故长生，
圣人得道辞旧城。
若无五千真金字，
哪有清静任纵横？

百里奚牧牛（古风）

家贫乞食几多愁，
不堪陪嫁牧楚牛。
五羖赎身理秦政，
辅佐恩主霸春秋。

屈子行吟图（古风）

苦吟楚骚漂泊身，
涧松风骨已为尘。
文笔发源江远大，
一天一地一诗人。

山　鬼（古风）

疑似邻家靓女孩，
飒然乘豹戴花来。
山中已然无公子，
风萧木飒冷烛台。

王羲之观鹅（古风）

羲之性爱鹅，
舍书换禽歌。
倚仗青石近，
频频拈须颌。

陶潜临风（平水韵二萧）

陶潜临风不惧冷，
无车无马未折腰。
东篱醉卧菊花梦，
月挂南山上九霄。

观沧海（平水韵一先）

笑看沧桑纳百川，
群英荟萃勇攻坚。
神龟虽寿终成土，
烈士出征哪为还?

骑驴过小桥（古风）

一地浅草踏四蹄，
凌乱东风过小溪。
梅花唯恐春早去，
不知向谁问归期?

千树万树梨花开(平水韵六麻)

满枝瑞雪似梨花，
拂面春风润酽茶。
可否早结黄玉果，
翁童早市换棉麻。

孙思邈医虎(古风)

圣童济世撰药方，
古稀双庆福德长。
悲悯苍生察天地，
药王铜铃救兽王。

林花谢了春红(平水韵四支)

林花无奈春归去，
玉树后庭醉酒池。
长恨人心如逝水，
一别不顾粉脂湿。

松下问童子（新韵）

山隐白云树隐峰，
八方美景隐神龙。
谁怜未饮独归去，
再顾苍松问药童。

国破山河在（古风）

山河空在铁骑侵，
白发日短秋草深。
徒转家书烽火盛，
花鸟难安报国心。

满江红（古风）

靖康国耻怒冲冠，
誓捣黄龙踏贺兰。
风波亭里风波起，
谁人收拾旧河山？

陆　游(平水韵四豪)

壮岁挥毫舞铁刀，
胡尘未灭怎辞劳。
示儿勿可忘国难，
僵卧尚思披战袍。

琵琶行记(平水韵四支)

江中忽见京城月，
半醒回灯曲未迟。
沦落天涯余共恨，
暂明仙乐令衫湿。

天地一沙鸥(古风)

自在雨飘飘，
空泊野渡桥。
一鸥息私语，
天地顿萧萧。

梅妻鹤子(古风)

娶梅为妻当耐雪，
除却修道也无仙。
鹤鸣天上雪犹在，
一朝云开就团圆。

赤壁怀古(平水韵三江)

如血夕阳烧大江，
东南花好艳无双。
莫说水火无情物，
借到东风助友邦。

天寒翠袖薄(平水韵十三元)

幽谷床空衾未温，
无亲半老半柴门。
修竹一片薄衣袖，
两朵菊香冷泪痕。

莲动下渔舟(新韵)

竹喧衣净雅朱唇，
雨后青山四季春。
此夜渔舟听月曲，
清泉即可醉王孙。

题观荷图(平水韵五歌)

船边仙子水中荷，
并蒂花容胜月娥。
向日莲蓬香满碗，
无边碧叶载清波。

李清照词意(平水韵十四寒)

西风采露绿荷残，
散入罗裳夜未欢。
月满兰舟花有尽，
相思无果怨霜寒。

赏梅图（新韵）

寥寥几枝却是梅，
不同芳草寻春晖。
天香无畏欺飞雪，
地冷枝寒嫁与谁?

归　巢（古风）

两山相对两苍鹰，
常问青天有几重?
却为归巢飞比翼，
一翅云雨一翅风。

还有小院桃李在（平水韵十一尤）

春光难解小园愁，
暗思夫婿语还羞。
东风泛滥篱笆短，
莫待落红葬冢丘。

东坡诗意（古风）

白云做纸书闲草，
修竹为笔绘东风。
一枝桃花一盏酒，
满园春色在磊胸。

陋室铭记（古风）

室陋方能通幽处，
腹中早有书五车。
素琴自可弹古调，
鸿儒无酒亦放歌。

板桥观竹（新韵）

玉笋翠竹遍府衙，
心虚高节未闲暇。
夜来风雨谁承受，
枝叶关情百姓家。

八喜迎春圖

古风篇

功臣的陨落

文　种

九术用三亡吴城，
狡兔新死猎狗烹。
早知越王赐属镂，
何必会稽逞贤能？

伍子胥

乞食渔父隐芦中，
为报家仇鞭楚公。
不知他乡身是客，
挖眼东门尽愚忠。

晁　错

法令多变削诸侯，
父劝无果命先休。
忠君却被清君侧，
朝服腰斩志未酬。

商　鞅

奉行霸道强秦出，
尚武重刑法令毒。
若可倾听一士谔，
何来身裂祸九族?

韩非子

长于著书集大成，
口不善辩法无情。
维护君主君无义，
同窗妒火害贤能。

白　起

攻拔六国七十城，
击杀战场百万兵。
征途自刎获非罪，
不恨国君恨长平。

屈　原

香草美人唱离骚，
大夫洁身跃碧涛。
楚王当悔轻国士，
端午渔火夜夜烧。

韩　信

早岁家贫投无门，
萧何两面误此身。
屠户胯下本无辱，
漂母江上有饭恩。
君主尚怜献忠勇，
讨封齐王令智昏。
功高难逃妇人索，
天下本可早三分。

李　斯

吕氏舍人师荀卿，
力阻逐客建奇功。
奉命首定皇帝号，
标立小篆反分封。
货币度量成一统，
矫诏遗祸阿房宫。
国亡身诛六国灭，
此祸皆因做帮凶。

周亚夫

开国之后袭绛侯，
文帝赞叹守京楼。
利刃短兵雄漠北，
平叛吴楚解国忧。
错护太子圣主怨，
抗诏未援梁王仇。
守正不阿空悲愤，
纵死不被小吏囚。

李　广

武帝何吝侯爵位?
威震匈奴马如飞。
盛名所累多歧路，
英魂三代李陵碑。

岳　飞

背负母训怒满腔，
连结河朔收洛阳。
已把功名当尘土，
誓迎二帝还故乡。
金兵常叹军难撼，
父子奈何贼中伤。
千古怒骂莫须有，
不知祸端在康王。

吴 起

家累万金皆散尽，
始从儒家后学兵。
杀妻只为求鲁将，
立功未授意难平。
奉魏首任西河郡，
创建武卒战常赢。
耿直治楚罪权贵，
王尸未能挡箭兵。

莲荷下渔舟　68×68cm　1998
Fishing boats among lotus

偶得篇

茅台吟（七律·平水韵七阳）

（一）

九蒸九煮糯高粱，
八酵七馏麦穗黄。
端午踩曲仓库满，
重阳投料赤河长。
三足鼎立王华赖，
众口齐夸软厚香。
盛会掷瓶酱酒祖，
坤沙国宝第一藏。

（二）

甘美悠然动汉唐，
金刚烈火化琼浆。
踩曲端午香淑女，
投料重阳醉帝王。
日月兼怀逞义勇，
星空独占醒愁肠。
统调众口酱司令，
天地一樽万里芳。

董酒赞（七律·平水韵七阳）

娄山泉水润高粱，
魏晋云天熏董香。
百草入曲解宿醉，
双醅出窖暖衷肠。
串蒸淡雅沁心肺，
秘制郁浓登庙堂。
老号威严名四海，
药食国粹可称王。

桦树酒（平水韵十一真）

风展英姿雪精神，
传奇北纬多奇珍。
冰心方显真国色，
四季公子一情人。

叹马嵬（平水韵八庚）

突来虎旅梦魂惊，
数尺白绫恨甲兵。
竟是君王难做主，
香魂无奈赴东瀛。

马　嵬（平水韵一东）

马嵬过后一人东，
花貌威名付索风。
莫笑皇家多薄幸，
寿王长叹绣床空。

戏　台（平水韵六麻）

画凤雕龙面带纱，
当知实境是虚华。
他方唱罢谁登场，
入戏太深没有家。

戏　台(平水韵一东)

一场脸白一场红，
他随花落你成功。
台上发疯台下傻，
人生如戏转头空。

螃　蟹(平水韵七庚)

陆海畅通任横行，
银螯铁甲战群英。
龙王宫里第一将，
侠骨披红即永生。

劳动节有感(七律·新韵)

敷衍隐居独善身，
疫情已过又逢春。
山河万里迎宾客，
清酒千杯醉故人。
沧海龙鱼寻逆水，
寒窗学子守初心。
劳作莫辞是本意，
农家挥汗雨深深。

2023年5月1日
于松花江南岸

五四运动有感（平水韵七阳）

民哀积弱国无防，
如火青春胜炮枪。
怒怼条约殴日使，
惜别名校换戎装。
迎新热血反封建，
觉悟风雷战列强。
回首不堪思壮举，
百年巨变尽华章。

喜获东京奥运会首金（新韵）

首金射落震东京，
福地宁波育巨星。
莫道中华女将少，
巾帼实弹冠群英。

贺男选手首金（新韵）

荣耀四金镀女身，
风光独占励男人。
发彬负重今雄起，
独立金鸡踏铁痕。

还乡祭祖（七律·新韵）

经年别有梦依稀，
蝶舞蛙鸣脚步急。
初放牵牛新睡后，
待飞菖蒲迎风时。
灵蛇护佑伴吾祖，
松柏遮荫逢故知。
勇闯关东传祖业，
青山秀水拜威仪。

父　亲（新韵）

半生负重语如金，
年少追风四海滨。
回首青天一烟斗，
长明寒夜暖儿心。

桦树酒（新韵）

（一）

裙裳落雪玉为魂，
黑土生出冰美人。
莫怨花凋春去早，
捧来甜酒暖精神。

（二）

黑土寒冬爱深沉，
明眸仰慕北国春。
幽香独具迷诗客，
一品天然酿宝珍。

桦树酒（古风）

雪为裙裳冰做魂，
神奇北纬玉美人。
只因花蜜迎春晚，
自酿琼浆暖精神。

别　酒（新韵）

年少初飞搁浅滩，
花颜辜负泪阑干。
求学放浪愧名校，
从业不羁慕李仙。
身弱蹉跎遗空恨，
才疏颠沛梦如烟。
半生多少荒唐事，
酒瓮深深出转难。

无　题（古风）

慈悲喜舍求必应，
航船如法向西行。
寺钟惊醒红尘客，
真经普度哑羊僧。
妙相具足施甘雨，
师德兼备福慧增。
成就娑婆海天国，
佛子住世照青灯。

2002年于吉林慈航寺

师　赞（古风）

慎遵祖训事无争，
心怀天下忧众生。
光大师门传绝技，
大道至简展鹏程。
金车送财家兴旺，
仓有余粮任纵横。
姓氏识友多风顺，
清明祭祖百事成。
五行聚富行友善，
六时吉祥沐春风。
始以术高教弟子，
终将德厚助龙腾。

中　考（古风）

九年寒窗今比高，
奋勇争先莫辞劳。
望子成龙怜父母，
壮志凌云冲碧霄。
恩师解惑考名校，
胸有成竹战今朝。
未来大业君堪任，
青春无悔笔如刀。

葡　萄(平水韵六麻)

灯笼硕果胜繁花，
琥珀朦胧隐赤霞。
一串芳菲甜四海，
再来一串醉仙家。

母亲节有感(七律·平水韵五微)

枝头硕果忆春晖，
南燕秋深携幼飞。
哺乳怀胎恩浩荡，
离家游子梦依稀。
吐甘咽苦熬心血，
挡雨遮风赠嫁衣。
儿大不由慈母愿，
孝亲莫等当早归。

麻　将(古风)

门庭广阔码长城，
仓饼殷实任纵横。
离恨条条慎出手，
贪功万万莫逞能。
东西南北皆为巧，
春夏秋冬都从容。
发财何须用白脸，
心有红中自英雄。

无　题(古风)

母校一别几十春，
煮酒论道有诗文。
何耐恩师今胜酒，
口出莲花醒醉人。

文化之源（古风）

——山东赞

依山傍海太行东，
齐鲁交融天下同。
华夏农耕始后李，
海岱文枢兴巨龙。

汝　瓷（古风）

宋代窑火今犹温，
世代相传铸国魂。
华夏大地多宝藏，
汝瓷当为第一珍。

雪（古风）

大地蒙纱路难开，
严寒未至雪先来。
问君哪是真国色？
万里河山一尺白。

红楼故事（古风）

王府幻境海棠词，
端妍绝伦话相思。
若无书画感天地，
仙葩怎肯降凡枝。

江北煞景（古风）

（一）

池塘谁染色如金，
再无蛙鸣戏浅深。
凭栏又忆少年事，
辜负白云照影心。

（二）

江水悠然芦苇香，
秋近蜂蝶更寻芳。
哪来野夫垦荒草?
白鹅无赖闹朝阳。

书　法(古风)

运腕何必只求锋，
浓淡曲直各不同。
一手写尽兴亡事，
笔墨雷霆云雨中。

工大戈壁传奇(古风)

春至东风沙未滋，
出征勇士正当时。
誓为风范汗无数，
立志奋进梦有知。
同入戈壁会战友，
重回学府拜尊师。
众人皆为缺席恼，
犹及明年有约期。

遂宁印象（七律·新韵）

银杏洒金榕树青，
川中巨邑汇群英。
观音故里恩德广，
巴蜀源头泉水灵。
曲酒窖藏存古韵，
莲花出水沐新风。
涪江浩荡润红土，
福地宜居伟业兴。

党的二十大礼赞（七律·十一尤韵）

华夏巨龙冠五洲，
百年聚力获金秋。
创新科教奋崛起，
构建新局争上游。
反腐脱贫国盛大，
和谐法治人清流。
共同命运怀天下，
伟大复兴壮志酬。

省政协十三届第一次会议赋

逢新年，喜庆连连，振兴奋进之年；迎春月，蜡梅朵朵，万象更新之月，践行富民强省，贯彻党的二十大精神正当时矣！遂作斯赋，其辞曰：

继民族复兴之宏愿，承中共百年之福泽，续革命先贤爱国之遗志兮，学习近平新时代中国特色社会主义思想，省政协十三届第一次会议继往又开来！

邀龙江民主名士，聚家乡各界英才，政治协商于无声处，经济发展已闻惊雷。

松花江畔冰雪美，龙江政协重品行。

薪火相传守纪律，长期共存立新功。

中共从严治党，政协众志成城，奉行互相监督之大计，荣获勇于奉献之功勋。

两袖清风兮积极向上，同舟共济兮勇于创新。肝胆相照，博谋善策享誉东西南北；荣辱与共，爱国惠民德贯中外古今。中华同根，都是共和嫡脉；逝水东去，皆为龙江余波。

风往北吹，冰天雪地闻名四海；燕从南来，金山银山再铸辉煌！一带一路中流砥柱，同心同德共铸国魂。

龙江美景多锦绣，华夏崛起求大同。龙江儿女责任担当，乃真豪杰也！

嗟夫，政协全会结硕果，委员立志展鲲鹏。务实高效正能量，气正风清满精神。高屋建瓴多智慧，万众一心更风流。

盖因，仰慕龙江政协之佳绩，立志履职表忠诚，又呈藏头篇章，借古文新韵之质朴，扬龙江政协之赞歌：

维持稳定铸国魂，
护举红旗守北门。
中正品德施雨露，
心存鸿志踏石痕。
振拔困境人无悔，
兴起公心主义真。
龙跃九天今奋起，
江山壮美满园春。

诗藏头云“维护中心振兴龙江”，亦是政协工作之宗旨，吾侪自当奉为圭臬，根心践之，不亦乐乎！

2023 年 1 月 13 日

蝴蝶是飞走的凤凰的羽毛

冯传江 著

北方文艺出版社
·哈尔滨·

从蝴蝶童年到玄妙的彼岸

——冯船江其人其诗

秀　子

看到诗集《蝴蝶童年》的名字，我就想起伟大诗人里尔克曾为了诗歌写作，他孑然一身来到杜英诺，把自己封闭在靠近海岸的一座“古堡”里，除了对自己内心说话之外，绝不开口：“我现在是个蛹，我的房间里飘着蜘蛛网。我为了卷起自己，日夜不停地纺纱，在变成蝴蝶之前，请等待破蛹而出，千万请你等待！”那么，翻开这本装帧精美、散发稚气的诗集，不仅让我们看到了青年诗人冯船江的真诚、谦和，而且，让我猜测到他藏头诗中的玄机，看到了他跋涉、奋斗的足迹。还让我感觉到他蕴藏的潜力，发现他正在发展的向度和远景。

从诗中我们可以看到冯船江是真诚的。他以“我情愿握在英雄手中 / 烛火和木柴朦胧入睡 / 英雄自愿让我歇在心头 / 英雄安忍在厚重的大地 / 我在大地雕刻真诚”反映了轻浮如鱼的世界把“浮冰载着对阳光的怯意 / 被无情地翻译成水和空气”，同时又袒露真诚：黄金的铠甲散落人间，处处渴望英雄救赎的手。在与朋友的相处中，他既侠气仗义，“不会愧对血液和骨骼里高贵的金属”，不吝惜对朋友伸出友谊之手，同时也不避讳需要朋友的帮助甚至救赎之手。他还在《写给年轻的长辈》里对长辈真诚相劝：“不要害怕自己的花期／会像流水般逝去／绿树成荫的河床／不会出现龟裂的痕迹／不要害怕自己的雨季／会落下忧伤的冰雨／所有的欢乐／都来自你的心里”。

从诗集中可以读出冯船江为人是谦和的。他自称是矛盾的集合体，追求国士之风，行为却随意鲁莽，这反映了谦和的一面。实际上他能诗能唱，能诵能舞，才华横溢。说他谦和是因为他不仅谦虚，而且和善，他诗歌、佛学兼修，易学、中医均有研究，并深得其精髓，不仅是善根所化的自然相成，而且是慈善亲为的佛心的唱和。他的《燕邻》打动了很多人：“我终于有了自诩善良的铁证／春天和燕子与我为邻／一枚祈福避祸的族徽／灯笼一样挂在我的家门／我童年的竹凳／静悄悄地坐在燕巢里／无须仰望或期待夜晚／姥姥放飞的星光／定与燕子一脉相承。”我读这首诗时也为作者的善良与童心感动着。

从诗集中可以感觉到冯船江是向着远方的跋涉者。只有经历过奋斗的艰难，才能对里尔克的“没有任何胜利可言，挺住就意味着一切”有着深刻的体验。凭冯船江自身的天赋、才华，放在任何位置都会出类拔萃，而他偏偏落在一个改革的大潮中，这也许是上苍给他的磨炼吧！他之所以能够“挺住”，是因为他坚信有一个不可磨灭、不会消损的诗化存在。他既能借助“罐头鱼”的意象来抒发自己的伤痛，“ 鱼折起漂泊的理想／鱼在雪花中升空／鱼在赤裸中净化……尖叫无声／伤口瞬间愈合／自己肠胃只有自己的血水……”，他又能抛开诗歌的技巧，用不断的努力来和解内心的矛盾，在《我》中直抒胸臆：“知耻后勇自强不息／把你放在我的肩膀上／成也是我／败也是我。”他还能用坚持奋斗来弥合内心的炼狱：“我不怕曲折／因为我就是那条／从雪山上走来／要去大海赴约的河流／我不怕刺痛／因为我就是那曲／在玫瑰花丛激情荡漾的乐章／我不怕焚烧／因为我就是那件／在烈火中永生的／美轮美奂的瓷瓶。”我以为即使是个天才，那优异的秉赋也必须是经过奋斗与磨炼，才能得以涅槃重生的。

《蝴蝶童年》被赋予的形象是美丽而有精神依据的。这个精神依据——蝴蝶，让我联想到有很多纯粹的诗人，一方面为了诗歌追求而远离女性，另一方面又渴望把自己交给比语言更具体的女性与大地。我想他的《雨后》就是与这些纯粹的诗人是合拍的，“一种与生俱来的勇敢／让我们越走越近／一种无处不在的恐惧／让我们越离越远……手指划过瀑布之后／我闻到了花的芬芳／以及一种近似鼓点的跳动／你被声音牵引的迷茫／占领整个世界／一种超凡脱俗的美丽／在雨后生成”。终于可以“任忧伤的河流翻滚苦涩……把所有的慢镜头和回放删掉”的释怀，即是“远离与亲近”的压抑在化蝶的快乐中释放出来，升华为高尚的追求，向往玄妙的彼岸，极乐世界或净土家园，完成一个人的地老天荒。

从诗集中我们可以看到诗人冯船江是有潜力的。他所受到的磨炼是他人生的财富吧？正像他在后记里写得那样：“诗是我生命殿堂上的青瓦。诗承载了我生命中所有的美丽。我无法拒绝诗给我的抚慰和震撼，也无法拒绝自己写出这些感觉的勇气。”他学修佛学，说明有善根与慈悲心；学过中文和管理，诗集中既有现代抒情的先锋态度，又有展示中国古风的传统功夫。他的《蝴蝶童年》后记——《著诗山房往事之三国版》，又演绎出古代与现代交错的故事，处处藏玄机、藏机敏，举重若轻，以致从嬉笑、轻嘲中“浅出”深奥，以此展博学、展大气。集释、道、易的精髓，古今辗转，时空穿梭，别开生面，又让读者欣然、茫然，想象、揣猜不尽。

因对诗的追求与热爱使冯船江修出好的品相。这里的品指品性，诗让他萌发了认识万物的理想，诗让他获得了自身品性的修养。难得他在经历了许多苦难跋涉之后还能放下红尘利欲，守候住母亲为之塑造的不被世俗污染的心灵的清澈。更为难能可贵的是，在经历了商海搏击后，还能手捧诗歌，向生活致谢，向生命感恩。这就需要达到具有平常心的高境界，心到无求品自高，拥有高维度的灵魂。所谓相指相貌、气质，因他心中有诗，灵魂才不畏惧风吹雨打，也因他对诗的热爱，才会使他的心保持如此天真烂漫，也因心中有诗才首先成为精神贵族，腹有诗书气自华也是这个道理。品相有天生的一面，也有后天修养逐渐演变的一面，品由心造，相由心生。

从他的《蝴蝶童年》我看到他正在发展的向度和远景。从毛毛虫到化蝶的过程，是对未知的承担中，在对问题本身的忍耐中成长的过程；是个从浮躁走向成熟、从成长到发展的过程；是个化境的过程；是从蝴蝶童年到玄妙的彼岸的修度的过程。从开始的渴求与奋斗,“我是荒芜 / 我是风 / 我是土 / 我是火 / 我是树……有时我是灾难是诅咒是惩罚的皮鞭 / 我是沙尘聚集的泥土 / 我是我自己向上攀爬的基础”, 到后来他采取传统的写法,近距离接近大海和云朵,气定神闲、娓娓道来。从“你在风中舞蹈/ 你要飞舞到水的故乡 / 带去露珠的思念 / 水的故乡 / 是一个叫大海的地方”,可以看到他从追求到无求,从执着到自然的过程。

愿他“随蝶飞舞问候花朵,随童心跳动访问和平”,也祝愿他带着露珠的思念与童年的纯真,翩跹于大海,超越艰难与利禄,抵达玄妙的彼岸。

发表于 2008 年《黑龙江作家》

蝴蝶是凤凰的羽毛

（自　序）

诗歌在当代已经走下了圣坛，受世人冷落，渐成文化大餐中的佐料。忆往昔，诗歌和诗人可是宫廷和钟鼎之家的座上客，在民间也是倍受尊重和推崇。

我国诗歌流传自《诗经》《楚辞》《汉乐府》，来源于大众，在盛唐登峰造极并在明清成就儒商的梦想，现又重新回归于百姓生活，这也是诗歌永生的底蕴和永恒的价值。

是呀，让步于商业华丽的大潮，成就珠光宝气和勋章，诗歌虽然没落但依旧大度，诗人从此自诩为精神上的贵族。

其实诗歌从来没有走远，诗人也一直在你身边……

如果说民族文化是一只金凤凰，诗歌就是美丽的凤蝶，是凤凰的羽毛。

就如同卓尔不群的你，无论你现在取得了多大的成就，你飞龙在天时，也体现出羽毛的价值。

我于十五年前出版诗集《蝴蝶童年》，这让我胸有化蝶的快乐和敝帚自珍的情怀，也是我生命历程的真实写照，从默默无闻的毛毛虫，梦想得到如蝶的美丽，于是我又有了续篇《蝴蝶童年之凤凰的羽毛》。

但我深知蝴蝶可能飞越不了沧海，要想更遥远的飞翔，只能与凤凰共舞。我自叹蝴蝶的渺小和羸弱，只有追随于凤凰，才能实现自己人生的涅槃。

鸟随鸾凤飞腾远，

人伴圣贤品自高。

通俗说就是："你能走多远，取决于你与谁同行。"

杨万里有诗云，"要入诗家须有骨"，诗人是有傲骨的，但这并不影响我对伟大文明和图腾的崇拜。在宇宙万物面前，我经常感叹自己是如此的微不足道，却又庆幸自己是这个世界的唯一。

度德量力，我自恃有化蝶的经验与喜悦，我自恃握过玫瑰的手，一定会给你悠然的余香。只要你能忍耐浴火的磨炼，只要你确是那只即将展翅的凤凰，我就会为你奉上最真诚的祝愿，并伴在你身边，装饰你华丽的羽毛。

百鸟朝凤时，才是我化蝶后最大的快乐！

故名，以为序。

2023 年 4 月 19 日

于哈尔滨阿那斋

目录

宇宙之初 / 121
老墙 / 124
凤凰的羽毛 / 126
一个人的地老天荒 / 128
午后，我临摹一幅仕女画 / 132
蝴蝶沧海 / 136
蝴蝶琥珀 / 138
蝴蝶叶子 / 142
蝴蝶月亮 / 145
铁蝴蝶 / 147
潮湿的梦想 / 149
《哈里波特之死亡圣器》观后感 / 151
教父之死 / 154
轮滑 / 156
观影有感 / 158
触礁 / 160
桥殇 / 162
狼 / 164
纪念九一八 / 166
看《星际穿越》有感 / 168
月光霓裳 / 170

又一次错误 / 173
秋雨 / 175
攀登 / 177
可可托海的甜蜜 / 179
生命的意义 / 181
都曾努力地活过 / 183
一个人早晨 / 185
红五月 / 187
绿皮车 / 189
梦的绿皮车 / 191
白桦之恋 / 193
惊闻台风来哈 / 195
永远的冲锋 / 197
《水浒》故事 / 199
飞蛾 / 201
嫦娥 / 202
父亲 / 203
蝴蝶法蓝 / 204
日子 / 206
我在马路边拾到一只田螺 / 209
寻梦冰城 / 211

兢兢业业心思 潇潇洒洒情趣 / 220
你和我 / 222
斗地主 / 224
等待 / 233
诗殇 / 235
再站边缘 / 240
妈妈,我怕…… / 242
千年白狐 / 247
幸运的擦肩而过 / 249
写在汶川大地震一个月后 / 251
你是我的爱人 / 255
号角里的故事 / 258
多一点从容 / 260
勇敢 / 263
墓志铭 / 265
一双眼睛满天星 / 267
本来的面目 / 269
我 / 271
无眠之夜 / 278
饮者 / 280
舞者 / 282

低估 / 284
罐头鱼 / 286
雕刻真诚 / 288
木屋骏马 / 290
老人与海 / 292
中秋寄语 / 294
我在海边与你交谈 / 296
春雪 / 299
燕邻 / 302
海上升明月 / 305
皇与后 / 308
化妆 / 310
下雪天 / 311
周易 / 313
一件图案精美的瓷瓶 / 315
盗火 / 317
山的誓言 / 319
滑雪 / 321
眼睛心愿 / 323
地河 / 325
雪夜 / 327

辣白菜 / 329
夜凉如水 / 331
跋涉的塑像 / 333
下一次忧伤 / 335
雨后 / 337
月之相思 / 339
酒话 / 340
酒吧温柔 / 341
校园之恋 / 343
初航 / 345
听你的播音 / 346
写给年轻的长辈 / 348
时光 / 350
释怀 / 352
那一夜 / 353
月亮提琴 / 355
再回到那里 / 357
怀念 / 359
明天的蝴蝶 / 362
永远的童年 / 364
蝴蝶童年 / 366

初恋 / 367
多年以后 / 368
体验成长 / 370
太阳是否如约 / 372
熟悉的雀斑 / 374
古琴 / 375
歌者 / 376
向太阳飞翔的虫 / 378
化风 / 380
回归自然 / 382
你是夜莺 / 384
邂逅 / 386
候鸟十四行 / 388
谁能借给月亮一件外衣 / 389
让我们一起歌唱 / 392

宇宙之初

虚空中
莫名地升起火焰
火在黑暗中喘息
夜晚的天空
布满鲜血淋淋的伤口
你以为你是来自
那次蓄谋以久的自我膨胀
却不知道只是
前世的那根琴弦
不经意地拨弄就草率地
把愚昧和洪荒
暴露无遗

其实没有谁

为你送来花花绿绿
你只是被自己击中
烟火和花朵
散落人间
从此你的领地圣火熊熊
那件得以幸存的
钢铁斗篷
抵挡着黑暗的扫射
弹孔中露出偷窥的眼睛
当眼睛绝望时
却惊喜地发现
自己原来就是满天的星斗

激情过后的灰烬
无需仰视
死灰复燃
你光鲜如初
我们在伤口里划船
说着连篇的情话
星星不停地往水中撒盐
伤口汇聚成海
我们在漂泊中
才得以见证
最壮美的日出

等你
在一个梦
在一个点
在一条线
在一个面
在一个球体
时间续写上古的神话
就要开始
再一次完美的爆炸

2022 年 4 月 19 日于哈尔滨阿兰斋

老　墙

质朴的文化和厚重稻米
堆积古老的屏障
闪烁着镰刀的光芒
草原和耕地同样生长作物
却饲养着不同的马儿
大地在铁蹄下震颤
麦穗里流淌汗水
也绽放血花
老墙
挡得住勇士冲冠的愤怒
却承受不住
倾城倾国的红颜
老墙从内部崩溃
涌入塞外的黄沙

从此思乡的眼泪苦涩腥咸
庄严的历史
凝固金戈铁马
永不屈服的天堑
尘封一代天骄
风自由地回眸
江南开满金灿灿的菜花
只有跨过这道黄金的关隘
你才有资格闪烁
丰收的光芒
我站在烽火台上
抚摸入关的足迹
隐隐又看到
挑着担子的祖父
担子的一头是幼时的老爸
另一头是奶奶沉甸甸的嘱托……

2019 年秋于山海关

凤凰的羽毛

我知道一万只蝴蝶也成不了一只凤凰，就如同一万年以后，你依然不会爱我。

远古雕琢传奇的岩面
甲骨废墟蔚然壮观
泥娃娃在高原上生起篝火
陶瓷罐子里洪水滔天

女皇浓缩斑斓的彩像
匹配飞龙在天的文明
东方的图腾祈祷天地
赐福播种畋猎的家园
围山逐水居住大部落的臣子
剧烈动荡演义木炭里的黄金

彩石集合卓越的生命
绝唱诞生时圣火熊熊
地坤厚德装载坚实的唯美
蛰伏收藏只为开启时的窖香

追溯绿色的谷物
和黝黑的汗水
倾听百鸟朝拜的声响
珍珠穿越封锁和苦涩
戴在王冠上才不会
被太阳夺走海底蕴育的光芒

凤凰是最成熟的季节
蝴蝶是凤凰的羽毛

一个人的地老天荒

序:我不能没有书,即使我贵为一都之君,那无比的自由,也不能解脱我的思想,我是书的囚徒。

我不能没有笔,不能停止对纸张的触抚。就像新婚的手指,无法离开爱人的面庞。

即使我富为巨万者,那天文数字的纸币,也不能代替写满你名姓的纸张。

我同样不能不想念你,我的爱人。只要你还挂在枝头,无论你是否会骑上我为你备好鞍鞯的白马,只要我还有记忆,我就要想念,想念是我一个人的地老天荒……

(一)

怎么样的爱情
不会通过幽深的湖底
怎么样的爱情
不会沐浴春风雨滴
怎么样的爱情

只能一病不起
怎么样的爱情
只能随候鸟迁移
怎么样的爱情
才会是一个人的天荒地老
怎么样的爱情
才会是两个人的王朝

（二）
如果爱情放不下沉重的负累
最先卸妆的只能是泪水
观众扫兴地退票
黯然离场的
有我憨厚的兄长
没有上映的情节
不知道是地狱
还是天堂
冰冷的手
隐隐作痛
丢掉的尊严
一丝不苟地安葬在
红楼之下
再尊贵的后
也应该有自己心中的皇

（三）

爱情化作一颗珍珠
沉入幽深的湖底
至清的湖水
光线在演出着五颜六色
还有消逝的鱼虾
我不是礁石般坚强的琥珀
我如何强求你
唇齿相依
蝶的诱惑
花的芬芳
让爱情安乐地死去
友谊和亲情
正在伟大地生成

（四）

死去的还有少年的疯狂
这样如此的安乐
我看到泰山脚下一地鸿毛
湖底没有什么新鲜的出口
爱情就像没有往生的魂灵
我把自己挂在弓弦上
我要去解救特立独行的大鸟
我要去结束

带着箭伤的独舞
让舞蹈停在上山的路上

（五）
再也捕捉不到生命的灵性
爱情从始至终也没有
妨碍任何人的太阳
爱情是一个红色房子里的梦
是我一个人的地老天荒

2012年8月7日

午后，我临摹一幅仕女画

悬挂在墙壁上已经太久
保险柜里搁置了千年
空白的日历
美丽被束之高阁
红袖添香不过是
一曲古老的传奇
起缘于飘雪的世界
不肯落幕的是
爱情的独角戏
历史总是忽远忽近
现代的模特
竟然装扮皇帝的新衣

身材可以细腰如纸

画上的花朵却不单薄
墨彩染不黑芙蓉出水
我筚路蓝缕也无法
追寻永恒微笑的秘密

如云的画轴时舒时卷
繁花似锦发出冷若冰霜的叹息
梦的内容
挣不脱红楼的折扇
画家让梦境永驻青春
世代相传
阅读生活最美丽的片段

蝶出生后第一眼的花朵
让蝶整个夏季都降落在画卷上
秋风也不忍
将蝶吹散化为作废的纸屑
我尝试着询问画笔
有没有神通让
冷静的花朵散发出
果腹的甜香

父辈没有传授给我
点睛的神笔

我自然就无法勾勒
银河上的鹊桥
老家院落里的水缸
空空荡荡
田螺早已经不知去向
忠厚的老牛也无法为我
偷来仙子的裙裳
不知道是谁
把梧桐树搬出我的新房

午后,我努力临摹着一幅仕女画
大块大块的水彩
昭示最美丽的伤疤
画上去就只能在上面
就像我陷在砚台里
无法自拔
虚幻的爱情日渐丰满
飞龙的热情吓跑了叶公

倘若画中人如约造访
我一定会丢掉花花绿绿的纸张
现实生活实现不了的
还可以寄托神话
一样的笔墨却遮掩不住

泪水被太阳的火光收藏

临摹纵情渲染这个午后
高贵的色彩
却让好端端一张白纸
遍体鳞伤

蝴蝶沧海

起初人们并不哂
化蝶的快乐
短暂的舞蹈
只能在花间筑巢
夏天的虫子
不足以话语冰雪的寒冷
大地深处的脱胎换骨
还没有共鸣海上的波涛

蝴蝶一直都在路上
没有鼓励没有护航
只有痴痴地等待
和没有歌谣的远方
再柔弱的翅膀

也是为了启航
不怕责怪
只怕花朵失望悲伤

谁说沧海上不能开放花朵
蝴蝶让海水甜如蜜糖
这是一次真正的洗礼
飞越在苦涩中升华
沧海拥抱着蝴蝶
完成了最后的到达
蝴蝶和沧海一样伟大

蝴蝶一定是飞越了沧海
玄妙的彼岸
四季飘洒着花瓣
你没看见吗
蝴蝶正在与凤凰一起翱翔

蝴蝶琥珀

东方有圣人讲
远古是一片洪荒
其实没有鞋印的世纪
才属于湛蓝和翠绿的光阴

黄沙停歇在海岸
黑土安居在森林的老家
甘泉和蜂蜜时刻营养着空气
鸟鸣是朵朵含苞欲放的鲜花
年轻的星星和月亮经常梦回远古
光最喜欢在这里降落

远古是快乐王子
快乐的种子

在宇宙的王国穿梭
远古的每一张笑脸都是
价值连城的名画
茂密的长发
飘逸着松香

偶尔放飞一片
承载诗句的彩页
只有远古
才能看到处子的肌肤
青春的诗句就是
松树林中跳舞的蝴蝶
蝴蝶天真地认为
飘逸的长发才是她的归宿
花丛不过是暂时的乐园

远古误入时间机器
蝴蝶不舍昼夜地寻找啊
曾经的秀发迅速走失
远古爱抚着
最后一株高大的松树
远古已经做出道别的嘱托
蝴蝶不会说话也不会
眨动泪花

蝴蝶只是一片诗句
蝴蝶发誓
如果没有了远古
她将再也不亲近花香
蝴蝶日渐憔悴
消瘦的身躯使翅膀更坚强

只有挽留不住的泪水
才有显赫的高度
才能迸射出熊熊的火花
松树大滴的泪水和蝴蝶一起
锻烧成凤凰的心脏

下凡的仙子都有前生的夙愿
蝴蝶要为远古滋润唯一的发梢
蝴蝶跃向松树沸腾的眼泪
秀发和蝴蝶一起飘摇
原来哭泣并不都是苦涩
琥珀是动情后最完美的浓缩

汹涌的泪水包裹着蝴蝶
穿越大地深邃的黑暗
漫漫的旅程
凝固了时间和所有的秘密

凝固的还有蝴蝶的思想
远古的一次翅膀扇动
怎么就会是风暴的起源

一个懵懂的少年
捡拾到了蝴蝶和眼泪
却又将她无声无息地丢掉
蝴蝶和眼泪不喜欢
贵夫人的手腕
不喜欢赞赏和保镖
寂静有时候更可怕

来吧
亲爱的
如果你手里还握着那把
对付秀发的长剑
就请你再次刺破我吧
永不破碎的是
原始的美丽和永恒的飞翔

2009 年 2 月 28 日

蝴蝶叶子

我是一片落叶
蝴蝶是我的向导
我旋在你匆匆的河流
我曾是枫林秋日的火炬
现在我是你河水里
起伏不定的叹息

我试探着贴近你的脸颊
我小心翼翼的心脏
在你的掌心梳妆
是不是只有叶子叠成的小船
才属于岸边往返的纤夫
我被拉入水里
再浪漫的行囊也装载不了浪花

我自觉身躯越来越沉重
轻盈光滑的脉络
正在接近那堆鱼骨中的尾巴
我在眩晕中放弃抵抗
你任由我和天空诀别
现在我终于明白
黑暗之所以经历长久
是因为每天都有人在庆贺飘泊

我仰视着
我俯视了三个季节的河水
只有回归大地
才不会随水波流淌
冬季为你送来盖头和披肩
你要约会你水晶的新郎
请拿走我的心脏吧
我害怕看见你短暂的嫁妆

我并不担忧久居冷宫
这里的石头水草和我一样
一生都不会歌唱
并不是每一个故事
都能感动上苍
并不是每一条河流

都居住着传奇的河蚌

我终于可以舒展紧握的掌心
撒出穿越时空的爱情
本来是要开花结果的种子
在这里荟萃成王冠上的珍珠

其实叶子还有更多种归宿
当我离开树枝的时候
我就变成了蝴蝶
无牵无挂地飞翔

蝴蝶月亮

已经记不起是哪一天
西方的一位圣人说
要有光
月亮就赶在了花香之前

地球村落有多少双翅膀
是为了践行炉火烛光
乃至星星和太阳
只有一种会飞的花朵
短暂的一生都行走在
爱情的故乡

还没有一种色彩能永不熄灭
黑色大地是激情荡漾散落的外衣

一个季节的花草和
两个季节的庄稼
雨水洗礼之后
都要被野火收割
大部分生命都是在光明中逝去
也只有凤凰是在烈火中出生

当北方的飞雪长成山峰
每一座房子都开始眺望
童话里的城堡
最纤小的羽翼才是最伟大的翅膀
蝴蝶紧紧跟随着月光
不要温暖
不要歌唱
只要那棵四季盛开的桂树和
仙子的幽香

铁蝴蝶

路径是大地的长舌
还没有人能离得开
金属的轮子和肉质的口腔

山脉是大地连绵的草帽
或许只有植物才能世代相牵
不要再说天空遥不可及
不要再说团聚遥遥无期
只要你肯轻装上路
天空的边缘就停留在地平线上

不肯上路的还有一种奇怪的鸟
他们只喜欢飞向温暖的地方
就像所有的花朵

寒冷中注定要依靠小心翼翼的瓷瓶
然后被勤奋或孝顺品尝

温度的叛逆和季节的反差
只剩下雪花在真正地行动
冰层下没有什么可以赞叹的流行
海燕是汹涌大海上黑色的电闪
我不知道谁将成为雪原上的雷鸣

就再起飞一只黑色蝴蝶吧
带着大锤的伤痕和
一双加了铁的翅膀……

潮湿的梦想

你曾是赛道上最火爆的炸药
每次出场
都让赛场炮火连天
最早炸碎的是那块记录的秒表
秒表的寿命本来也不该久长
谁说东方的爆竹
不能惊天动地
非黑即白的栏杆
瞬间披挂黄色的铠甲
友邦惊诧一副小卒模样

都以为你统治了这个季节
却不知道
早有预谋的黄沙

让赛道瞬间沉默无语
潮湿的梦想
此时不能如约引爆

最后一次呻吟
在你骨头内躁动
暮年的老鹰
勇敢地跳崖
吻别是最庄严的谢罪
单腿也要完成最后的横行
没有火光和震动
你亲手把自己撕成碎片
鼓掌和巴掌无须转换
听起来一样的声响
你却无法再乐在其中
看台上
下起冰冷的秋雨
把爆炸的烟火和虚荣一扫而光

2012年8月7日

《哈里波特之死亡圣器》观后感

屋很黑
太阳被忘恩负义地挡在屋外
只为突出在阳光下拍摄的罪恶
隐约青笋般晃动的头颅
浑然不知
恐怖和阴谋正在一块白布上
布置獠牙和石头
或者谋杀正义或者迫害异己

导演的魔杖闪耀
鞭打休闲如醉如狂
还是那群米国佬
面貌狰狞无非是丢了伪装
只因为发明了自命不凡的武器
就企图让宇宙信仰

魔法辞典和地下的宫殿
人什么时候都可以飞
不一定都施展魔法
善良的人
悬挂蝴蝶的心脏
宁愿让热血被冷冻风干
提醒人类
洪水到来之前
撕毁画皮在帐篷内伪装

三角形在天上是寂寞的星星
下凡时很不幸
没有被任何人偷走霓裳
只好拼命和两个男人赛跑
有时候是追
有时候是逃
爱
让人更优秀也更下流
如果你手握摧毁虚无的神剑
首先要从水下捞起
又爱又恨的少年
或者夺回爱人
或者把自己剥得精光
平凡的扫帚

画出祥云朵朵
马桶把阴阳两界紧密相连
魔法的味道一定很苦涩
如果能如中药一样煎熬
就不会在情人醒来时
恢复你放肆的形状
蛇在天上地下都很邪恶
众目睽睽之下一丝不挂
美式的英雄从不惧怕曝光
长生不老的主角两副假面

绝望的匕首
总会投向最后的忠诚
也只有精灵的伤口
才会热血沸腾
胶片很快弹尽粮绝
神倒魂颠的人群
居然从入口出逃

感谢这个糟糕的天气
让一切都有阴沉的理由
棺木和果实再次打开
却看不见满是泪痕的面孔……

2010年11月11日

教父之死

枪声很清脆
轻易地击碎历史和招牌式的笑容
撒下一地灯红酒绿
丝绸包裹着炸药
休闲的香烟握在洋人手中
猫头鹰无论多么冷静
都是去见证黑夜的丑陋
有一种植物
让帝国失去记忆

无尽的风雨躲在玻璃门后
抓拍潜伏的鱼雷
破碎的珍珠在爆炸中复活
英雄可以不笑到最后

却不可以回归婴儿的啼哭
仇恨一直在枪膛里
准星里埋伏无尽的炮灰
燃烧曾经伟岸的躯壳
倒下清一色东方的面孔

2010 年 8 月

轮　滑

无论出生的早晚
红光闪过之后
最庄严的一定是嘹亮的啼哭
跌倒是对母爱的跪拜
美人鱼在刀尖上浪漫挣扎
脊柱直立气吞山河
五千年瞬间滑过
王子的每次降临
都让邯郸城里战鼓铿锵

脚下的火焰
熨平妖孽的罪证
树墩只能诞生绿色的胎记
年轮旋转不出青春的涟漪

既然炒作一步登天的法器
请允许我默念请神的咒语

飞蛾无所畏惧
连根的春树一起荣枯
螃蟹客串插秧的农妇
哪吒定格在年画里
轮滑驶离沧桑的正道
树根向大地深处退缩

我拼命奔跑
还是不幸被轮滑击中
无奈地躺平
倾听妈妈的童谣和
仙鹤羽毛落地的声响

2012年8月20日于太阳岛

观影有感

霸道的通行证
爬满阴暗的绿苔
在海陆空横行
自我膨胀的不仅仅是身体
铁拳下罪恶依旧嚣张
玫瑰刺穿雪山
兴奋剂不会让正义复活
旗帜挡住凶狠的子弹
却也拦住了胯下飞驰的列车

猿猴的血统最高贵
还没有被换成狂妄的野心
太阳的面孔
已经不止一次被赤化为魔兽

恫吓善良神秘的东方
螃蟹和甲鱼决斗
遍地铠甲轻如羽毛
该结束的永远不结束
该开始的苦等很多年

重生不用痛苦的分娩
只需睁开眼睛
就会制造油田的井喷
然后若无其事地以幸福名义
主宰蓝色星球

2011年9月20日

触　礁

你在陆地上埋藏了太多的地雷
以至于你都无路可走
岩洞里长出胡须
摩天大楼如同脆弱的小草
在沙粒降落之前
没有人会知道
你信仰钻石还是弯刀

美元把石油燃成灰烬
大棒是阴阳两界
通用的纸钱
你比恐怖更恐怖
同样恐怖的还有
隐形的战机和穿着盛装的子弹

自杀与罪恶同归于尽
你倒下时
正义可曾得到伸张

八匹马车上强大的骑手
傲慢缘自水泥棺椁里
菊刀灿烂的凋零
断箭沉没在大海里
仇恨是最致命的辐射
是你无法越过的石礁

黑暗来自信使手中的灯塔
你在邻居家里轰然触礁
悄然随波而去
只带走那块
挡过子弹的面纱……

2011年5月1日

桥　殇

你曾经是山峦间的那棵涧松
无论站起还是躺下
都挺拔着身躯
或俯视或仰望
行者坚实的脚步
只能与岁月一起老去
决不会在壮年堕落折腰
你曾经是撑起两岸拱型的石山
大地的骄子
至今还在赵州唱着古老的童谣
笑看车来车往

如今你是天界的金刚
却在人间步履蹒跚

货车穿着胶鞋
居然在风和日丽的清晨
完成对你的碾压和颠覆
还有河水的无情冲刷

那一车喜庆的鞭炮
悲壮地点燃了你
散落一地
用生命染红的奇葩

2013年2月

狼

序:莫言的小说如诗,用魔幻的文字,砌筑现实的故事。

狼偷拍了老家的肥猪
不会躲在暗室里淡泊度日
只有冲印出丰满的照片
才能在猪圈呈堂
无罪的证供

狼骑着粉笔
变化叫卖往事的白脸
去照相馆约会面无表情的村姑
我和狗跃出掩体
却怎么也拉不出
那条隐身的尾巴
狼最恐怖的表情
是可怜巴巴

狼最凶猛的动作
是悄悄溜走

村姑与白脸心心相印
聚焦的长炮下
我哑口无言
大街上空空荡荡
麻雀嘴下的马路
凸凹不平
烟囱是老屋的头颅
此刻狼烟缭绕
尾巴竖起高高的篱笆
牙齿森森
日月的精华
上不了百姓的餐桌

狗的伤口躲在墙角
救赎前世的余孽
镜头在丛林里
四处寻找幸存者的后代
镁光灯却整夜
闪耀在假话连篇的天空……

2012 年 10 月

纪念九一八

皇姑屯的硝烟还没散尽
逃跑的路上
已经遍地军旗
家与国在那一刻溃散
犬子拱手相让的
不止是土地和黄金

我的眼中被揉进了
许多沙粒
东海的风暴经久不息
大相框挂在历史的墙上
让人们去辨认
一指浮灰
餐桌上每天刀叉相见

品味森林的法则
劫后的山河
已看不出当年的模样

警报把一些语言
送进耳朵
显然我们不太高兴
门外雷声隆隆
下着和过去一样的风雨……

看《星际穿越》有感

饥饿的风暴
吞食慵懒的太阳
寒冷的摇篮
冰封在流浪里
枯萎的粮仓孤独地旋转
诺亚方舟之外满目洪荒

手表里上演二进制的魔法
重力输出密码
血脉相连的父女穿越时空
纯粹的恋人永远都不会苏醒

寂寞的谎言
击碎冰冻的云朵

五维空间是叛逆的新家
木星的盔甲温柔地弹射
爱情在黑暗里
得道成仙

时间或有或无
时隐时现的虫洞
让羞答答的爱人亲密无间
星际疯狂地膨胀
镶嵌着
拯救未来的眼睛

月光霓裳

《西游降魔篇》观感

（一）

孩子的面容山清水秀
哭笑都是父亲毕生精力的舞蹈
气腾腾的渔网
编织河妖的积怨
赤裸裸的搁浅
让轮回黯然神伤
儿歌吹不响深渊的法螺
一本正经地布道
唤醒精通音律的心魔

（二）

自投罗网的道士
贪吃垂涎欲滴的烈火
好色的红烛
最先夭折
情种戴着复仇的假面
在月光里毕露原形
肝肠寸断的侠女
撞毁相依为命的战车

（三）

大山谦卑地低头躺下
佛祖缓缓地显露金装
荣华只是面颊上的浮土
降魔的心咒
盛开旱地莲花
五百年深埋地下
石猴与火山一起喷发
欺世盗名烟消云散
爱情的舍利是
西天最羞涩的彩霞

（四）

多情的金环无情的手指
人猿终于戴上皈依的金箍
儿歌成就传世的宝典
西行的路上
铺着那条镀满月光的霓裳……

又一次错误

巨轮本可以去
其他地方饕餮盛宴
却荒唐地跑到人家
世代相传的渔场
趟兄弟阋墙的浑水
遮挡普照大海的光芒
总以为胡萝卜加大棒
是横行乡里的法宝
为了那叠花花绿绿的糖纸
妄想鱼肉觉醒的狮王

地球上有一种古老的液体
让两块大陆轰然相撞
鲨鱼的后代

依旧热爱夜晚里的血腥
喜欢别人家的财宝
却又把威胁的导弹
瞄准孕育阳光的地方

这是早有预谋的风暴
宗教圣地炮火连天
商人富得流油
世界在油井里沦陷
大海被一劈两半
触底反弹的巨浪
绝不会放过
觊觎岛屿的苍蝇
如今
乌云又一次错误地起飞
似乎忘记
曾经被东方的迅雷撕成碎片

本可以在这个一地羊毛的时代
安心地奴役土豪
却非要挥舞剪刀
亲手把颠覆的主角
送上自力更生的
金光大道

秋　雨

你终于来了
伞早已经备好
这次
你撇清了和台风的纠葛
虽然雨里依旧有鱼的芳香
我们又可以和树叶一起
在你的怀抱自由自在地游动
你瞬间抚平整个城市的躁动
看到湿漉漉的母亲
我的眼睛湿润了
看到依偎的恋人
我的唇湿润了
看到你一滴一滴的离去
大地湿润了

开始孕育诗人的梦想

秋天的雨

不为什么

就是来告诉你

天凉了

准备过冬

攀　登

从少年一路走来
从来还没有
比你更高的山峰

曾经的秀发
每一根都是我的牵挂
和季节纠缠
你显然更温柔靓丽
我和你面对面地站着
起伏的峰峦
急促的鼓点
盛开我面颊上的绯红
盼望的暮色终于来临
我也不得不暂时停止攀登

炊烟要如约升起
山顶的家门
一扇是守候
一扇是叮咛
设想过无数次这命中注定的邂逅
从来没有停止过仰望
看似平常的午后
和平淡无奇的路灯
没有比无语的相拥
更让人睡意朦胧
到了高处
反而可以驱走高冷
我的手唤醒前世的岩浆
积攒了那么久的热情
就是为了这一次点燃你的回眸
我知道此时你沉甸甸的硕果
必将能满足我多年的渴望
但我还是要等待喷薄的日出
和你一起去完成辉煌的登顶
和情意绵绵的下山

可可托海的甜蜜

还是那个夜晚
你把可可托海的风
塞到我的怀里
熟透了的青稞酒
在我们的唇边燃起篝火
毡房外的驼铃声
在草丛深处彻夜回荡
我们是搁浅的鱼
在彼此闪烁的泪光里
寻找呼吸的窗口
一样的天空
不一样的云雨
野花是下凡的星朵
让蜜蜂情不自禁地躁动

含羞的嫩草
让羊群集体疯狂
花的芬芳在马背上漂泊
我身后的沙砾
夜以继日地眺望
那拉提的阳光
突如其来的风暴
让我的花园在你离去的夜晚
遍体鳞伤
从此
我再也没有勇气
去你沐浴过的港湾饮马
杏花旁散落着
被遗弃的蜂巢
我知道
你一定没有嫁到伊犁
因为
蜂群还在可可托海流浪
这里还有牧羊人的歌声
和舌尖上苦涩的甜蜜

生命的意义

等待的煎熬
很不容易愈合
熊结束冬眠
我们还没换下冬装
现在穿戴什么都不稀奇
我亲吻过你的嘴唇
亲吻着口罩
我们开始各自生活
各种没有目的的流言蜚语
我听到你满是苦涩的潮汐
此时我和盆景
正讨论着你的来路和去处
春天本来一直都在
是你去了不该去的地方

我此时最想拉着蝴蝶的手
血管里翻腾着草香
不要记忆
只要朴实的笑容
老木头在大地生长木耳
我们躲在蘑菇下面
开始安静地修复蜂蜜

2020 年 5 月

都曾努力地活过

鸟儿可能没有飞过这片天空
但风来过
你可能没有走过这片大地
但雪花来过
还有阳光
春雨和花蕾
南方和北方
都喜欢
泉水和果实
但此时的消息
让我重新领略落日和寂寞
有人不能呼吸了
病毒把时间碾成泡沫
那么好那么好的人

就这样好端端的
在春天的枝头
滑落
要知道
他们都曾那么努力地活过……

一个人早晨

清晨我来到阳光里
林间的氧气饱满
醉了鸟儿和花朵
周围的宁静
略显疲惫
幽暗的小路
没有人为迟到辩护
任扑闪的睫毛
白白地驿动
谁都不能叫醒
梦里的春天
再难过的季节
也会有爱情
可此时

只有一个我
戴着口罩
在旷野里奔跑

红五月

我知道
今天就是五月了
一直盼望着
你能来这里寻找
江南小镇逝去的芳菲
冰城也有花季

花开的时候
才是春天
忧伤的夜晚让心情更暗淡
只有梦里的天使
一袭白衣
烂漫还没结出硕果
雪花就开始在胸口结冰

北方的积雪顽固得不肯融化
口罩本来是好物件
在桃花面前却是不可宽恕

红红的五月和我
已经站在花海的边缘
你敢不敢
让火红的心脏
在这个火红的季节回归
回归吧
一切不属于这个季节的
和你不喜欢的
都将在阳光下覆灭
一身甲胄的岁月
锻炼民族崛起的青铜
红五月
流言蜚语彻底溃散
红五月
蝴蝶一如既往地传播爱情
花蜜在恋人的唇边
再次绽放

2021 年 5 月

绿皮车

想我是最遥远的回忆
铁轨上越积越厚的浮土
我依旧傲然屹立
草原一样的颜色
让人无法窥探王朝的更替
只能倾听清风烛影
猜测内心的驿动
我显然要回到出发的地方
我渴望春雨
远方和爱情
我听到蒸汽机的声音
紧接着的烈火
让我不停息地奔跑
每天都用一种固定姿态

看别人在站台上
演出悲欢离合
和我异国情调的忧伤
河水披挂黄金的甲胄
草原上的草已经枯竭
窗外响着古老的雷雨
奔驰的高铁让大地动摇
谁能拥抱我百年的寂寞
我就还谁一片
永不褪色的天空……

梦的绿皮车

盼望夜晚的莅临
脱下孤独的外衣
与你在梦中邂逅
我是绿皮车永远的新娘
我重新梳妆
满车的月光是
我和你甜蜜的衣裳
静静地听
满世界都是爱我的情话
和飞奔而来的花香
我曾经百年流浪
那时你整天沐浴阳光
我拖着一片绿叶
不想放手你的季节

无奈夕阳的烈火
焚毁森林和诗行
从此大草原里的瓷罐
汹涌滔天巨浪
我奔腾不息
烛火和信号总在远方
天边那乘静静的绿轿
载着你
也载着我
还载着历史和沉重家乡
云朵是梦在舞蹈
绿皮车百花盛开
是梦的天堂

白桦之恋

你知道吗
生命的起始不是追随东方的太阳
生命的终结也不是黎明的露珠
花开花谢是自然的规律
选一棵白桦做爱人吧
生命从此永恒

你总是一袭白衣
宛若仙子
我很想拥吻你秋日的皇冠
你却照亮我冬季的笑容

我怀疑落叶是光年以外的星朵
在我的酒窝里释放悠远的热能

生命就像果实以后不屈的火种
大地怎么能把生长埋藏

如果我在风里
那我情愿像蒲公英那样
不然荒漠就要缠绕我
孕育传奇的树茸
如果我暂时匍匐在雪野
我不怕黑暗的挤压
你知道我在你身边多么惬意
我重新过上了没有面具的生活
大地下面
本来就是爱情的天堂

你会想起我的
即使是在油画里
你早晚能读懂我为你
在湖畔雕刻的真诚
想起我就去爱春雪里的
那棵白桦吧
一百年痴痴地等待
换你生命里
最纯净的那滴泪光……

惊闻台风来哈

台风是大海的信使
亿万年的相思
在大地激情澎湃
既然你终于来了
就尽情地抒发吧
哭就哭一个满天的风暴
笑就笑一个遍地的雨花
还有电闪雷鸣……
不
这些都还是铺垫
你必须还要加快脚步
远方有更奔放的热土
和思念你的姑娘
还有农村的火炕和花的芬芳

等你来到这里
你将在烈酒中融化
你亘古不变的爱情
至此在北方升华
无论是什么样的旷世奇缘
你终将会在这里
凝固
凝固成纯洁的雪花
最高的海浪定格在
晶莹剔透的峰顶
我们也终于知道
原来你早就在
北方的炊烟中安家

2021 年秋天

永远的冲锋

献给哈工大 EMBA 的戈壁勇士

虽然无法阻止戈壁的狂风
在跋涉的途中与你们相遇
规格严格
功夫到家的百年传承
依然闪烁青春的面孔

岁月或许会在心灵的光盘上
刻下沧桑与无奈的划痕
但绿洲依旧生机茂盛

戈壁西行的路上
终年开满了跋涉者的足迹
因为沙漠里绽放了太多崇高的理想

丝绸之路的驼铃依然
传颂着一望无际的渴望
因为戈壁的英雄与历史一路同行

在敦煌飞天的边缘
在流星划过的苍穹
你们执着地找寻圣人留下的
那只
撑起信念的油伞
在大漠滚滚的征程里
我依然无法分辨出
哪里是夜行的火把
哪里是挺拔的胡杨

为了信念的永恒和永恒的信念
许多勇敢的心
凝聚成无坚不催的洪流
开始一次又一次
永远的冲锋

2020年9月19日

《水浒》故事

本来是去赴另场约会
突如其来的窗帘从天而降
金元宝砸晕了王婆
红杏和春天在楼下轰然相撞
其实大官人是祖上的符号
如今与你交杯
那半盏未饮的残酒
谁都喜欢盛开的金莲
却又把最脏的洗脚水
泼向生长爱情的地方
也许这才是最有味道的佐料
烧饼店里欲火熊熊
民众当然愿意经常加餐
打虎的兄弟却不会放过

端着药碗的嫂娘

尖刀剜出刻骨铭心的花朵

狮子楼里已经无路可逃

本可以在那个男人戴花的朝代

安心地看着别人造反

却没想到

自己亲手把主角

送到巅峰之上

飞　蛾

美丽吗
只要不去攀比蝴蝶
自由吗
只要不去冒险雨季
就是见不得别人热情
树干在夜晚
噼啪地呻吟着
你不知道
这是篝火在歌唱
你以为从此你会
飞得更高

天亮的时候
再也没有人见到你
也没人知道
你最后的舞蹈
如此的光鲜和悲壮

嫦　娥

朦胧是真的美丽
眼睛蠢蠢欲动
心开始义无反顾地飞升
得道成仙
原来只是为了
孤独地守护那块
荒凉的石头

父　亲

您一直行走在前头
或是引路
或是拉着沉重的车
我却坐在您的肩头
少年在原野追风
青年在花丛漫步
每次不经意地回眸
都会与您或明或暗的烟斗
不期而遇
很少有人相信黎明的伟大
直到黑暗再次降临
晚霞忍辱谢幕
留给大地一件最后的盛装
我才知道烟斗与太阳一样伟大
我才知道您过去的孤独
和我现在一样
黑暗中没有肩膀可坐……

蝴蝶法蓝

最文明的古国
才被尊称瓷器
最高贵的瓷器
方可雅称法蓝
最时尚的法蓝
一定有蹁跹的蝴蝶
最壮丽的舞蹈
一定能浴火永生

走近法蓝瓷如同童话
我记起曾经的魔法
青蛙跳上花瓶
就变成了王子
花瓶是公主的新装

热吻法蓝粗糙的前世
倾听那曲古老的梁祝
我张着蝴蝶翅膀
扑向绚丽的炉火
烧出一片
万紫千红的春天

日　子

太阳总是在梦境里
把我猛地顶向天空
我僵硬着四肢
无法伴奏
雄鸡高昂的鸣叫
苏醒的山泉
淹没白色的月光
此时风很兴奋
但是我知道
风马上就会在
地铁的站台里
声嘶力竭
普普通通的鸡
助力即使再持久

最好的结果
也是优雅的坠地
然后与满地落叶
和另一只鸡
一起沉浮
从天空跌落的
还有别的鸡和鸭
和鹅
横七竖八地躺在地上
没过多久
或独自或结伴
奔赴四面八方
也不过是与餐桌上的动物
殊途同归
我总会被太阳命中
这高贵的习惯
将我砸到床边
太阳落下时
比升起更猛烈
把整个天边烧得通红
其实一切都将在今夜烧成灰烬
包括我庄稼的头发
和野草的指甲

还有白天的一地鸡毛
灰烬中
眼睛无所谓是睁开还是闭上
黑暗以这种形式
道貌岸然地来临
此时我并没有慌张
梦终究是短暂的美好
我还会被顶起
太阳让灰烬里的一切
又灿烂地复活
……

我在马路边拾到一只田螺

水泥路面
阉割历史的名马
野性的栈道一文不值
海洋在杯中交错
纠缠的水草随波逐流
壮丁在最后时刻漏网
愚昧的餐桌日夜征兵
食客继续歌舞
全然不觉
正义在水下声张
泥土才是亘古的美味
石头打造高傲的戎装
纯净的思念
在水中秘密流泪

依稀记得初恋的池塘
逃离集体的刑场
只为延续单传的香火
齐天的神圣
孕育在石头中
你依旧是茶暖饭香的童话
华丽的大蚌
仅仅收获冰冷的珍珠
盎然的花朵
感召金玉满堂
历史失而复得
等待那一池春水
团圆地放生

寻梦冰城

献给中国共产党成立100周年唱靓哈尔滨的歌

（一）

从黑龙江松花江
粗犷的渔猎岩画
到太阳岛上
壮丽的飞天冰雕
跨越五千年甚至
更久远的寒地黑土
我们寻梦的脚步
终于盼来了
和谐发展的春天

（二）

或许
我们已经习惯了

悲壮的回眸
常常把悠久与传统
挂在嘴边
或许
我们也已经习惯了
一如既往的赞叹
因为历史的天空
曾经星光灿烂
以至于我们又庄严地
从最早飘起的红旗下
找回 100 年前
丢失的尊严

（三）
从女真部落的神韵
到英勇不屈的抗联
从金源文化的肇兴
到工业文明的出现
浩瀚的东北大地
作为北方文明的起源
从不曾缺少
不屈的火种和高傲的头颅
香甜的稻米
茂密的森林

与嘉兴西湖的游船
血脉相连

（四）
当探索历史的目光
被封建的巨石阻挡
当万里长城的残缺
成为祖先割舍不断的遗憾
我们不得不感慨
文明的轮回和崛起
充满了太多的艰难
传统与尊贵的积淀
竟也无法淹没
洋人的利炮坚船

（五）
太多的刀兵劫火
太多的奴役压迫
磨砺了中华民族
承受苦难的耐力
太多的生于忧患
太多的自强不息
谱写了冰城儿女
寻找梦想的诗篇

镰刀割断封建的桎梏
锤头打破帝国的铁牢
斗转星移
沧海桑田
我们终于推翻了
三座罪恶的大山
改革与开放的浪花飞溅
滋润每一个弄潮儿
中国速度
已经让世界日新月异
寻梦冰城
天鹅项下的明珠
展开飞天的羽翼
再一次华丽转身
扬起让世界提速的风帆

（六）
我们坚信
一个伟大民族的复兴
必将实现
56 个民族的梦想
必将践行
社会主义协商民主制度
不仅仅是

我们共同抵御着
肆虐世界的病瘟
又在帝国主义恐吓的大棒
和耀武扬威的皮鞭下
撑起永不屈服的蓝天
不仅仅是肥沃的土地
抛弃了与文明同龄的税赋
而是科学发展与创新
荟萃繁荣祖国的盛宴

（七）
赵尚志的大名
依旧振聋发聩
发动机的轰鸣
将老牌帝国碾压在地下
共和国长子
点燃永不屈服的引擎
天安门城楼巨人挥动的手臂
挽起坚不可摧的长城
改革开放的天籁之音
引领失散的兄弟
在香港和澳门重逢
系列讲话精神
让离家出走的游子

即将认祖归宗
倍数增长的经济
刺穿曾经的轻蔑与愚昧
人民币和珠穆朗玛一样挺拔
正义之师宣誓和平
也不忘在祖辈的大海上
握紧钢枪
哈飞的战鹰
哈工大的卫星
冰城的英雄立志
捍卫共和国的领空

（八）
没有谁再敢叫喊
东亚病夫的绰号
还有谁再敢欺侮
猛醒的狮王
谁不仰目
祝融火星车的火星漫步
谁不震憾
奥运圣火百年后的辉煌
灾难面前
异族祸心已经原形毕露
不可一世的帝国

穿上了皇帝的新装
这一回
五星红旗
是世界最新鲜的血液
这一回
冰天雪地
践行了金山银山的传奇

（九）
我们是
960 万平方公里土地上的幼苗
我们是
18000 公里海岸线旁的细沙
我们是
共和国母亲的长子
我们是北国洋洋洒洒的雪花
如今
我们与母亲一起
屹立在世界的东方
共和国的天空
珍珠闪烁
冰城大地
林海欢歌
共和国的神圣舵手

庄严的表情
东方最伟大的旗帜
与太阳一起升起
照耀世界
照亮我们充满梦想的家乡

（十）
所有的幸福
都绽放成美丽的花朵
中国共产党 100 年华诞
民富国强
所有的祝愿
开启甘甜的美酒
开启 100 年的陈酿和幽香
寻梦冰城
梦想已经成真
我们每天都站在
红旗升起的地方
中国是梦的工厂
为世界更新梦的衣裳
世界必将为我们喝彩
复兴的脚步已经向我们走来
100 年光辉的岁月
100 年的苦难与辉煌

放眼宇宙

展现人类命运共同体的伟大情怀

这一切又都是刚刚起步

已经没有什么能阻挡

伟大民族的复兴

中国梦

让世界更美好

寻梦冰城

开启下一个 100 年

最梦幻的大潮

……

2021 年 8 月 7 日

兢兢业业心思 潇潇洒洒情趣

2009级1班班训

天长地久，道不远人。
故知万法，尽在自心。
班训明志，同祖同宗。
以文会友，以友辅仁。
知之者胜，用师者王。
感恩至善，穷理正心。
尺璧非宝，治本于农。
纤尘不染，建业立功。
克明俊德，慈俭悲心。
博学笃志，践言修身。
无信不立，自胜者强。
节酒慎言，喜怒必思。
位高下士，贵能援人。

寒不改弃，风雨同舟。

孝悌为先，兼爱为公。

度德量力，勤勉慎行。

见利思义，荣辱不惊。

怀诚抱朴，练达洞明。

青青子衿，吾心谦尊。

谦谦君子，照于四方。

你和我

你游在水里
我走进雨里
划着鱼鳃的小船
与鸟儿一起入眠
你和我注定了这一场漂泊
谁还在乎
离家出走的泪水
寄宿在哪个夜晚
白天光鲜的阳光
都无法坚守大海的底线
你和我就必须
与微不足道的星光一起沉浮
风无论将叶子怎样
树根依旧从容

眼睛无法到达的时候
通常是一种野蛮的忽视
也只有野蛮的生长
才能修复
搁浅在梦里的残骸
既然此时还无法分辨
你来的方向
我只好徒劳地
在一滴水中流浪
然后是流浪的分子
原子
电子
轻子
……
最后分布在整个宇宙
你我来自同一颗日月星辰
最亲近的是你我
最疏远的也是你我
……

斗地主

从什么时候
湖北十堰地貌狰狞
一种假设
让起义在游戏里复活
祖传的棉袄俨然是
战神的铁甲
在农田里设下十面埋伏
农具板起鞠躬的身姿
耕牛的尾巴燃起仇恨的火焰
玉帛重化干戈
犁锄是刀剑的晚妆
佃农与赤贫联袂
生擒肥头大耳
赢得民主与自由

没有什么主义
有谁愿意在贫瘠的竹竿上
浪费自己家的丝绸
风流有时候就是凄风冷雨
地主和农民都在其中

河水止步于干旱的恫吓
烽火和炊烟却不停歇
蜗居里膨胀着种子的欲望
星星之火暗藏着镰刀的锋芒
牌桌上的杯盘狼藉
让世界听到咬牙切齿的声响

（单）

上游江畔远古洪荒
流放的勇士凿冰饮马
初见月如吴钩
高原上的猛虎
才似闲庭漫步
单薄的马夹
从没有想象阵地沦陷时
会有一块什么样的墓碑
从容踏上地雷
哪怕是自己亲手埋下

兵营是一只空空的行囊
留下的麦田谁人守候
如一片秋叶
在时尚的加讪中
耻辱地向大地冲锋
障住敌人双眼的是元帅
倒在泰山脚下的是士兵
功名利禄死在诱惑的栈道
饥饿正好磨炼沙漠中的驼峰
奉命潜伏
最早攻破城门的肯定是你
那冲进王宫收获宝藏的是谁

(对)

好事成双
破镜又重圆
恍然春梦
怕是面对一池无痕的春水
风起
吹不皱我的相思
是你是我
我的爱人
让我为你梳理长发
让我为你缝补衣裳

不……不能
战火已经烧到我们的唇边
悬崖上的洞穴
蹿出汹涌的螺贝
夫妻为世间的浮华两肋插刀
财富夸大了仇恨
夫的绳索
可是妻梦中的丝巾
兵临城下
伤口和盐共同死去
战场上的胴体
永远新鲜
盐都被收敛在厨房里
情人的鲜血恢复海的腥咸
没有撤退的路
我们被金银珠宝包围
对与对继续火拼或者
一道殉情

（三带）

草原的雄鹰
横扫欧亚
一家三口铁骨铮铮
悬挂上毒蝎子的刺和

无畏的伞兵
扇动两翅炼狱的怒火
席卷天地迫不及待地俯冲
寒门的战将
决不合污三流的士兵
面对着太平洋上地主的舰队
再次刮起
自杀式的旋风——
在灯红酒绿笼罩夜色之后
你化作灰尘的海底
火山又再次爆发……

（炸）

众志成城
收获红色正果
团结聚集原子的体能
集体亮相的舞台
灯光如刀锋
汗毛都不敢抬头
四兄弟素面登场
魔法不仅仅是牌桌上的电闪雷鸣
人多势众谁还愿意谦逊
不要妄想把龙关在马厩中
炸降生在偷袭的夜晚

粗糙的手肆无忌惮地
遮掩着光明的大侠
窃喜并盘算着地主的钱包
四剑合璧 替谁行道
山崩地裂的巨响
让僧侣去雪域寻找转世的灵童
瞬间毁灭
废墟不怕被重新涂炭
哪一次最后的占领
收获的不是七零八落
怕,只怕兄弟三人高飞在天上
茱萸山下
一人在泥土里独行

（王）

最小的王子被抵押
去地主家做人质
长大的太子收获农民的庄稼
然后宣布王道乐土
草鞋都会选择匍匐在王的脚下
只要有金光闪烁
谁还在乎是蹲着还是跪下
太平盛世往往开始于
兄弟阋墙

皇城里刀光剑影
农民和地主在一旁傻笑

兄弟联手
回归真正的王者
汉朝加上唐朝
只是不要冷落
手下浴血的死士
如果总是王冲在最前面
历史还将从秦朝纪元
那时依旧不会有人
去熄灭烧向阿房宫的火把……

（连）

连是敢死队
在午夜偷袭敌营
有时候
是阴险的赤蛇
有时候
是无声的铁鞭
直捣黄龙腹地
救助本不该救助的王
排队跳崖、集体投江
无人关注战争中的蚂蚁

更多的时候
是心甘情愿地闯进火锅
让酸菜和粉条热血沸腾

连的队伍肥壮了
肯定会被自己人或敌人吃掉……

（蹦）

夫妻同心
我们兄弟
你们姐妹
蹦是最人性的结盟
三三战术
冲上地主家最高的
那座谷堆唱
生就一起生
死就一起死
我们就是那堵抵御匈奴的老墙

青蛙们蹦到荷叶上
满嘴疑问
种子正在摩拳擦掌
谁来耕种庄稼

（飞机）

中途岛依旧记得
燃烧的航母
返航的机群已经
迷失几十年
现代化的游戏
不能只依靠农民的木棒
高科技让人们更懂得珍爱和平
剪断长辫、折断烟枪
三口之家强强联合
天空连着大地
近邻组团抵御洋人的宰割
就是保家卫国
如果绿叶都流离失所
再强大的花朵
也会在风雨的轰炸下凋零……

2010年5月1日

等　待

太阳野蛮地爱着
万物才能破土而出
身体里的花草蠢蠢欲动
无需指引
在全身每个毛孔向外偷窥

我的脑海里
风来过雨来过云朵也来过
但没有传来任何你的消息
也没有带走我
的一粒文字一滴汗水

我的眼前
现在阳光照耀
我也站在阳光下

等你
我一直都是站着等
我知道
我站不成一座山
也站不成一条河
只是让风把我的思念
四处招摇

身体里的花草已经奔腾成芳香的大海
向过去的岁月唱响最嘹亮的军歌

来吧
现在激流已经奔涌
你何必还在苦守那块嶙峋的暗礁

有时候
人体内的灵魂
就是一株渴望生长的花草
我一直在站着等你
只是我梦中的风景啊
你现在
还在等待什么

诗　殇

当词牌乐府
和末代皇帝一起
被赶出皇宫
李太白却任天子
颜面羞红
读书的种子
倔强地不肯依附新主
方孝孺十族亲友
在前朝共赴黄泉
《永乐大典》《四库全书》
那么厚重
竟也抵御不了内忧外辱

一串增长的数字和几滴古龙水

就把联军的血腥洗刷干净
强盗的博物馆里
供奉着中国人辛勤的汗水
也供奉着荷马和歌德
却怂恿我们抛舍
笔墨和诗歌
如同当年兜售鸦片
麻痹伟大民族自强的神经

纸张都去包装权贵
或者印刷风景
没有了符咒的守护
纸张再也不会世代相传
传统燃烧在千年的香案
没有了骨头就
不会再有顶礼祭拜

甲骨钟鼎上诞生宇宙奇迹
出土的古董集体失语
清高的笔筒或许
已经习惯了腹中空空
书房中的眉笔匆忙地
去粉饰宴席上的红烛
已经没有人懂得

如何按韵律排列军队
虚荣享乐
肃清了祖宗的规矩
诗是浩瀚文字的盐分
如歌的檄文
为历史保鲜

如今诗词只用于
启蒙的朗诵
绝唱也需听命
副刊的编辑
诗人流离失所
援兵被黄金美元击溃

多少个世纪
高贵的皇室血统
献血站前
统一苍白着面孔
同样的冷饭
谁还相信
殉道者流浪的传奇
诗人再没有营养
也不会是石榴裙下
猥琐的菜色

诗人有最坚强的骨髓
优秀的种族和帝国
至今还保留着雕刻在
权杖和利剑上的诗行
不知为什么
今天的人们脚踩着面包
却要剥夺诗人的自由

如果我也算诗人
我一定愤怒而心伤
满腹的善良纯朴
却没有坦腹的东床
美丽的睡莲
睡在宝石的夜色
全不在意萤火虫
胆怯的目光

诗人热血奔涌
诗人无比从容
放下女神的画像
笔握在诗人手里
隐藏着刀剑的光芒
冷酷凶猛
有时候是热情的升华

诗人用力挥毫
诗人对敌人对自己都一样刚强
井喷打破地壳的现状
血色的浪漫
是克敌制胜最后的法宝

在一个喧闹嘈杂的午后
诗人悲壮地死去
留下诗殇的情歌
告诉世界
诗总有一天
还会伟大的复活……

2009 年 6 月 16 日

再站边缘

你在蜡烛的那一端
这一边是匆匆自缚的蚕茧
自投罗网的囚徒如何能
翻越西行路上的火焰
干涸的双唇
舔不尽深处的黑暗

你在梦的那一端
黄粱的枕头已经粉碎
没有牵引的手臂如何能
躲闪耻辱的皮鞭
赤裸的双足
走不出十万冰川

你在江岸的那一端

船已经遣散风帆
漂泊千年的古木
怎么能逆流往返
你揉皱卸装的糖纸
任甜蜜的肌肤搁浅

蜡烛永恒不灭得益于太阳
梦境长眠不醒受惠于月光
江水滔滔不息
是下游还有海
我定居在江海交汇处
这里是真正的边缘

洞房停靠着昨夜的红烛
梦境仍在双人床上散步
江中画舫里通宵庆典
庆典你加冕为别人的女王

我还是在我的领地游走
你加冕的盛况恰似
一幅国画
在前朝的红楼里
恍若小姐
仿佛丫头

2009 年 3 月 2 日

妈妈，我怕……

妈妈，我最早摸到你
有时候用手有时候是脚丫
我和妈妈一起心跳
妈妈，我最早看见你
看见你轻轻把我拥抱
妈妈，我最早的动作是哭
哭声总被你的乳汁阻挡
妈妈，我最早听到的
是你疼痛的欢笑
妈妈，我最初的话语是妈妈
妈妈，我最早的脚步
是在你身边围绕
妈妈，我最早的文化
是写下拼音 māmā，再画上一朵花儿

妈妈,你说不喜欢吃肉
不喜欢新衣
妈妈,为什么肉在我口中是那么香甜
为什么新衣
在别人妈妈身上是那么漂亮
妈妈,我只知道我比伙伴们健壮
我只知道我有很多光鲜的服装
妈妈,你知道我怕漫漫长夜
你每晚的童话讲到天亮
失眠的星星不再眨眼
坐上火箭
赶回家中睡觉
妈妈说我是她的心头肉
是她永远的宝宝
妈妈的宝宝一天天长高
长高的宝宝不愿意天天见到妈妈
妈妈说你去吧,累了再回家
只是别忘了学习文化
从此妈妈就如同家门前那株风中的老树
日夜飘摇着嘱托和牵挂

交往像妈妈模样的女孩
可女孩对我是冷若冰霜
拜访妈妈一样声音的老师
可他们经常把我的缺点张扬

投靠妈妈一样笑容的老板
可他们经常把我的心伤
妈妈你的大宝已经走累
妈妈你的大宝要回故乡

妈妈总能认出奇怪装束的大宝
可大宝却认不出妈妈
白发、皱纹、步履蹒跚
妈妈拉着我的手
我的手里满是关爱和牵挂
是我的妈妈
只是妈妈已经衰老

妈妈说,别怕
有妈妈的房子就可以称为家
这里不会再有惊吓
妈妈真的不喜欢吃肉
因为没有了坚固的牙
妈妈只能穿松软的棉麻
妈妈现在很少讲话
妈妈你现在需要什么呀
妈妈需要四十岁的大宝
快快长大
妈妈,我是一直向你身边跪下
挺直身体,你的宝宝已经长大

他已经是一名顶天立地的男娃
妈妈微笑着似要睡去
可妈妈的笑容一点也不像黑夜里的童话
妈妈你醒醒,我怕
妈妈的笑容经不起岁月的冲刷
妈妈,哪里有灵丹妙药
我要用我的生命去换回健康的妈妈
妈妈说,别怕,我的宝宝
你是妈妈生命的延续
有你的日子妈妈才觉得美好
不,妈妈,我怕没有人牵挂
我怕没有妈妈就没有了家
我又会怕那漫漫长夜
我已经记不起妈妈的童话
妈妈也忘了公主和王子
妈妈只能缓缓地摸我的脑瓜

妈妈躺在病床上
心里还是不停地勤俭持家
自此我天天早回
妈妈总是召唤亲人
妈妈怕再也见不到她的宝宝
妈妈什么时候你能再自由行走
妈妈,你的孩子还需要你手里的拐杖
妈妈是我心中的太阳

我不要约会黄昏
妈妈不愿睁大眼睛
我的地面开始塌陷

光明的阿弥陀佛啊
不要让我的世界来临黑夜
妈妈，我怕
我怕你一个人走夜路
天很冷，路很滑
谁替妈妈挡住风沙
妈妈，我好怕，我是迷路的羔羊
我怕我一个人
天涯海角也找不到妈妈

勤劳的妈妈是家族的图腾
坚强的妈妈是四世同堂的榜样
妈妈的恩情比宇宙还广大
妈妈的坚强让我再次进入梦乡
妈妈，你要挺住，我要追回你的健康
你长大了的宝宝
还是不能没有妈
妈妈，我真的好怕……

2009 年 3 月 3 日

千年白狐

即使你白天的书包
斜挎在船帆上
漆黑还是在长夜流淌
流淌你都不认可的悲凉
那盏高傲的渔火
彻夜旅行在黑暗的地方

如果我的笔尖不会直立行走
如果雪不懂山巅最终的颜色
谁还会相信冰里蕴育的爱情
我对着冰山发誓
那一端黛色的咸水
续写每晚飞蛾扑火的疯狂
浓雾中的台阶和

缺氧状态下的关节一样僵硬
什么时候
桂树和蟠桃一起重返人间

幽深的洞口
圣洁的石壁雕刻着
自焚的火焰
迸射的激情闪烁成
满天的星星
千年的修炼
不只是脱胎换骨
春暖花开时
心甘情愿地换回
下凡的人间

幸运的擦肩而过

或许真是邻家久远的墨水
让贼几笔就抹去道德的底线
甜梦中
锅碗瓢盆集体失语
对与错此时都不慌忙

书香门第见过太多的色彩
但只有此刻的墨染
看不见一丝光亮
蠢蠢欲动的火山
空空地庆幸又一次屏住呼吸
却不知道今夜
本来应该有你去
截断寒冷的夜行

思念止步门外
再从窗口出去的
注定是断了线的风筝
有时候甜梦
确是难得的糊涂

遥遥的月色序曲
音符在高潮之前飘散
好在一切都发生在梦里
再危险的遭遇
也都是幸运的擦肩而过

写在汶川大地震一个月后

（一）

你还痛吗？大山
巍峨强势
不怕与天灾对冲
骄傲的石头怎么能像
花草般摇动
大山不惜折断筋骨
永不坍塌的头颅时刻准备
喷涌正义的火苗
只要真理还有大山把守
事与非
就会泾渭分明

（二）

你还痛吗?大河
你被砸断了不舍昼夜的脚掌
你被扭曲了滚滚东去的身形
无论汇聚多少人间的苦涩
总会有人为你抚平
堰塞湖的伤痕
带走惊慌和诅咒吧
大河本来就是为前进而生

（三）

你还痛吗？大地
是谁让你的内心失火
是谁撕裂你的唐装
厚德盛载了人间万物
陪伴你 5000 年的是
自强不息的子孙
我们一起受伤一起修复
太阳永远是从
你的身边升起

（四）

你还痛吗?
……

匍倒于地表的只是树冠
树根依然在深处挺立
唯一有 5000 年历史的国度
一直最亲近泥土
地上地下血脉相通
压在大山下的石猴
最终都修成了正果
帮助你解脱桎梏的是
闪闪的红星

（五）

生命将顽强企稳于
平稳的土地
殉道者将与灾难永久长眠
地震驯服了未来的毁灭
第一次聚焦太阳全部的光闪
象形文字自此生动辉煌
儿女自始至终都认识生母
积劳成疾不过是秒表内的疯癫
只要亲人还能康复
还有谁会纠结
暂时破碎的家园

（六）

请相信
大地就会再生长
充实的稻谷
大河里的水草也不会
再把风流套牢
逝去的大山也未必
都化作虚无的尘埃

既然宇宙的能量
都要在这里释放
我们就没有理由不去迎接
永无痛楚的光明

2008 年 6 月 12 日

你是我的爱人

你爱我吗
初次见面，我看到粮仓
秋天的手指不会喜欢
拒绝成熟的稻谷
谁愿意麦子的身材
长得酷似稗草

你真爱我吗
再次见面，我看到织梭
天真的情网不晓得
银河是离恨的苦水
慷慨激昂的流星
不是去大地播种火焰
星星怎么会等同蝴蝶

凤凰也要在流星上永生

你是我的爱人吗
复次见面,我看到嘱托
还没有善良的长辈
会将女儿扶上没有鞍蹬的烈马
还没有任何局外人
能真正说明奔跑和散步
有什么不同
那只是一阵风
等同阳光下的阴影

你是我的爱人吗
疾风才知道麦穗
只屈服厚重的沃土
浩瀚的银河也无法阻挡
相聚的眼睛
烈马的自由也只限于草原上
任何一种光闪
都是为迎娶最后的新娘
你是我的爱人

粮仓为我剪除累赘的稗草
织梭是为赶制寒月下的冬装

你爱流星更爱祈祷
你的许诺是支持蝴蝶破茧后的日出
牵挂本来就是长辈的专利
草原再深远
马儿也不觉孤独

你是我的爱人
我是麦，我是星，我是马
我要为你真正地长大
青春本来就不应该恐惧光阴
人生的美丽就是心甘情愿地变老
不会老去的是我的诗集和
与你一起的地老天荒……

2008年5月28日

号角里的故事

平凡的生活，让悲喜剧走开。

军号里集结了多少委屈的泪水
冲锋的脚步不再铿锵嘹亮
脸上的血污注定忠奸难辨
生与死的距离
就在呼与吸之间
求胜的旌旗插入坚贞的头顶
信仰的高地开始动摇塌陷

彻夜的失眠必然要见证
更多的黑暗
见证盗墓者掠夺庄严的历史
见证英雄化作冤屈的炮灰
倒戈或许更容易得到封赏

战场上的背叛
是教科书式的弃暗投明

身经百战才知道疲累
不朽的功勋被嘲笑成
耻辱的伤疤
不要再指望锈迹斑斑的军号
冷血的动物如何能发出
正义的声响

我暂时停在冲锋的路上
绊倒我的是
我熟知的兵书和亲人的影集
跌坐在自己坚挺的脚印里
任血腥的阴谋
在篝火里噼啪作乱
如果身处孤立无援的峰顶
回家也等同危险的出征

为了自由有多种选择
但勇敢者才会最终留下
留下来守望丢失蜜糖的蜂群
和无知花朵
并为往事招魂

多一点从容

是的
人终将会逝去
盘古的巨斧红光闪闪
伟大的诞生也
伴随着更伟大的死亡
母亲的痛苦
源于脐带的脆弱
以至于我终生的跋涉
无非是深一脚浅一脚地
向你走来

无论浪费多少空气、阳光、蔬菜、水果和稻米
也不能让羚羊快过子弹
草原的伤疤是

一块块带血的丝绸
我和母鸡终身躲在蛋壳的壁垒
海底的珠贝
不会长眠在
幽深的海底
与岁月浮尘一起叠加
坚强的骸骨
堆积冷酷的高原
无论是怎样的一条道路
现代人
都要求尽头金光灿烂
却不知
终点
无论是什么材质和颜色
都是毫无差别的坐标

人生也许没有来
也没有去
就如同怀揣巨大能量的原子
也只能在宇宙里
卑微地轮回
我的手和你的面颊
来自同一颗
早已逝去的星斗

以至于在每个月圆的夜晚

我都难以入眠

是的

我知道人终将会逝去

只是比不知道的时候

多了一点点的从容……

勇　敢

生与死
仅有一次
生只有母亲记得
死虽然刻在石头上
还是很快就会被忘记

白天和黑夜
月亮追逐太阳交替生死
却让宇宙意外永生
不只一种学说
企图瓜分粮食和水果
最后都波澜不惊地汇入
古老的海洋

多少次无奈地去寄托梦境
离开母亲
终身也只有这一件
梦的衣裳

无影灯下
蜜蜂和苍蝇都无暇顾及裸体
金属的刀剪以幸福的名义
断舍情义和红尘
病痛是最忠实的伙伴
提醒你还活着
并教会你勇敢和
不惧怕轮回……

2023 年季春月
于黑龙江中医院

墓志铭

无论高尚与卑鄙
最终留下的
都是墓志铭
只有一个奇怪的老女人
把灵魂安放在一块
没有文字的石碑上

从天空撒落的
一定很伟大
复归流水的
注定不能再回头
透明的水滴
制不成永生的佛珠

每个人都要有百年的归宿
有的人却怀着千年的忧愁
我会终身供养楷树
让楷树告诉你
我的正直与善良
既然有勇气住在地下
就更不会在阳光下病倒

每一个人都应该看管好
自己的脚印
那是你的墓志铭
是指引你通向净土的符咒

一双眼睛满天星

苍穹闪着星星
你眨着眼睛
童年时数过太多的星斗
却没见过你这样的眼睛

星星闪着失重的心跳
你眨着淡淡的忧伤
你从不让眼睛讲话
沉默是你最好的见证
沉默让我不忍凝视
不忍你深邃透彻的泪花
只想张开双臂
为你阻挡黑暗的风沙

干涸的沙漠也有情歌
苦涩在水滴里流浪
左边是蓝蓝的天
右边是宽阔的海
看一眼
就看到温柔可爱的总和

那满天的繁星
也只是为了那一双眼睛
闪烁着最美的天性

本来的面目

为了纪念忘却，请忘却纪念吧！

本来的面目是
纪念光鲜与美丽
无法忘却的竟是
散落一地的衣衫
从微醺到大醉
笑容已经无家可归

扁平的二维记忆
定格耻辱的历史
爱情被彻底地颠覆
不用利剑也能穿透
摘下钻戒的新郎

底片和底裤一起走出暗室

抖落清一色 A 级的名胜
冰清玉洁开始融化
飘若飞雪的是
明天的婚纱

粤菜的食谱风情万种
我却再也不想吃
港式的大餐
既然已经反胃
就不关心
下一个主角是谁
赶快谢幕吧
收拾起那一地肮脏的春装

风景看久了都不免单调
何况几张纪念放纵的纸张
我们是在为别人
清点自己的钞票
忘却了这一扇门
也就停演了
龌龊的故事和
悲伤的窗口

我

(一)

我不知来自何方将去哪里
走过路过去过的
都是没有时间概念的地方
说不出、看不清、孤寂、落寞、清冷
徜徉在世界创立之前
一无所有、没有空间、没有声响
黑暗虚无飘渺
像一曲袅袅的天籁
无孔不入却又无孔可入
无法分辨光明会何时
因为什么到来
我无话可说、说不得、不可说
我是荒芜

(二)

依靠忽冷忽热的想象
唯心想象一片空间
天一样大的伞,闪着星辰
地一般宽的炕,飘着炊烟
我用想象的珠算
计算距离时速
我就是那个七上八下的想象
我膨胀鼓噪在想象能到达的每一个角落
我真切地接触你泥捏的四肢躯干和五官

你看不见我
我也不让你看见
我是风

(三)

我挤过穿过细微的裂隙
我活跃在平地与山尖
我推动什么了吗
我带走什么了吗
太阳开始升起
月亮开始反光
地球开始转动就不会停歇
我只是默默地或匆匆地看着

我手里怀里眼里口里心里
只有一粒、两粒、三粒、四粒……七八粒尘土
我是土

有时我是灾难是诅咒是惩罚的皮鞭
更多的时候我是松软的黄金海岸
我是粮食童年时的摇篮
我是平步青云的建筑
我是休闲我是收获我是创造
我是沙尘聚集的泥土
我是我自己向上攀爬的基础

(四)
太阳烈焰翻滚不会熄灭
人间在太阳下收获硕果累累
灯红酒绿刺激我的感官
我叛逆的血性
我噼噼啪啪地鞭笞黑暗和软弱
我锐不可挡
我烽火独明
我要释放积攒的能量和愤怒
我要爆发勃起祖辈不屈的精魂
我本来就不是一块
用来装饰用来研墨

用来筑堤用来盖楼用来买卖的石头
我是火
我捧着炽热的岩浆
远离飞蛾的航线
千万年来
在没有足迹的云端上流淌
我毁灭过历史吗
我创造过文明吗
我的动作和声音在我体内挣脱
我要燃烧我要辐射
我点燃太阳
豪饮光芒的盛宴
我的生命与太阳一样久长

（五）
有风有土有火有天有地
不用请教权威不用请示权贵
雨从天而下，9.8米每秒
象征着自由
天真好，肯做海的源头
海真好，肯做江的入口
我在大海里进进出出
在海里玩够了我还能再回到天上
我不是那泓记忆的湖水

我酷爱嬉戏运动
就像从大海洄游的露珠
在每一个清晨在每一片草叶上捉迷藏
我是雨
好像没有源头
又永远消失不了
我是雨
在云雾中飘泊

（六）
枕着泥土烤着篝火
跟随着季风随波逐流
我在雨季的丛林中播种文明
我要休养生息我要繁衍生长
我拥吻大地和我的新娘
我孝敬父母我积极向上
我不怕阻挡
我温柔持久地反抗着一切不让我新生的条款
我没有打破什么也没有墨守成规就
建设了一个新鲜家园
我满山遍野生机勃勃
我是树

（七）

篱笆墙高高，画地为牢

我看见一张张旅游观光者

疲乏无知的笑脸

我踏上发展的列车却无路可逃

想束手被擒吗

想劫世封闭吗

我忍住，强忍住……

任我孤傲的天性出鞘

杀伐再次降临

我是剑

挥向自己倒下别人

我和剑一起喋血一起解放

轰鸣声中

只见一条可以散步或行军的驿道

笔直地通向我来的地方

（八）

我是荒芜

我是风

我是土

我是雨

我是火

我是树

我是剑
我是朴素
我是古老
我是封建
我是自己的主张
自己天马行空
我是自己的道理
自己见怪不怪
我不盲目追求新潮现代
我要一心学习佛陀的苦行
我循环相生
善待生命厚德载物
我往返相克
知耻后勇自强不息
把你放在我的肩膀上
成也是我
败也是我

无眠之夜

休息的城堡积满火山的灰尘
天地间最旺盛的炉火
生不出一缕炊烟
睡眠枕着心酸的双轨
思想的列车昼夜轰鸣
白天黑夜没有边界
灰色的道路穿行着紧张的回音

只有天空才出奇地宽广
星星密集成海
流星和水手在海水里游荡
太阳和月亮扮成两颗硕大的泪水
升起落下
演出幸福和悲伤

我左手燃起一堆篝火
右手拨弄着雪花
一个人的夜宴
空空如也的杯盘渴望完整
我从床榻上起身

天空高高在上
我跪倒顶礼
舒展的身体
比站立着的山峰还高大

今夜无眠
激情急促地喷发
星星原来就是
一朵朵磨擦出的火花
原始质朴的举动
专注而虔诚
快乐地创造
另一个清醒的早晨

2006年10月3日

饮　者

饮者自天上而来
浊酒在胸中冲击回响
眼泪和飞禽一闪而过
广寒宫里桂花妖娆
高粱、葡萄
满身甲胄
打捞湖底沉寂的夜色
清冷的月光从木桶间滑落

不闻钟鼎
饮者高歌乡村醇厚的古调
梦境比仙境更逍遥
落叶随西风狂舞
百合在饮者的金樽里

独自怒放

慷慨登船
巨浪在唇边飘洒
幽楚的孤岛
收藏饮者溺水的记忆
玉佩、金龟
在夜光杯前失色
深巷里摇出怀藏汉书的先生
饮者对着太阳举起九只铜鼎
热血和江河灿然飞天
只有饮者胜任高处的寒冷
只有饮者日夜守望着
行走的大地

1997年7月1日
于广东蓝带啤酒节

舞　者

一人、两人、群体……
步伐优雅而散漫
倒影在天空飞翔
节奏含笑不语
大片晚霞在荒野激情燃烧
白云袅袅
山巅的舞者
赤脚展示着盛装
仙子溅起水波荡漾
牧童的笛声缓缓展开
无限春风
戴上芳香的假面
与众人拥抱
空间变幻着复杂的图案和曲线

四周一片洁白
舞者不需要辨别方向
蜜蜂戎装
仅带走飞扬的空气
花枝穿上水晶的舞鞋
收割成熟的掌声

2006年5月1日

低　估

多情的草原，不要低估吃草的羊儿，那是一场风暴，将卷走绿色一生的柔情。

——题记

(一)

冰雪掩住叶子落地的声音
风的吹息
蛮荒中草原泛起黄沙
心情的冰冷
并非来自节气
白色和黄色
只是大地偷情时
租借的婚纱
干涸的心灵
没有了重复的萌动
蒙古汉子的音域

广宽到云霄
却也触及不到平静柔和
成排的脚步是长长的绞索
捆绑住绿色
头颅插入黄沙

（二）
当李商隐讲蜡烛时
地平线收藏了雨水和阳光
一个不寻常的黑夜
充满烟雾
和听不清的语言
我被塞进抽屉
熟透的沙粒
纷纷砸向我的日记
淹没喜庆的盛装

1999 年 8 月
北京沙尘天某日

罐头鱼

夸父的脚印相叠
大地高高站起
追不回落日
就远远地望着

寒冷从山顶坠落
溅起懒散的雪花
碾碎黑暗
从农村到城市

鱼折起漂泊的理想
鱼在雪花中升空
鱼在赤裸中净化
空旷飘散着如花的芬芳

尖叫无声
伤口瞬间愈合
自己肠胃只有自己的血水
月亮依然拉满弓弦
海潮日复一日
鲜花在狭窄的山谷终年绽放

2006年5月4日

雕刻真诚

浮冰载着对阳光的怯意
被无情地翻译成水或雨滴
水面上没有了雕刻的痕迹
渔妇早就洒出她的男人
不用看履历
世界轻浮如鱼

塞外还在飘雪
飞沙滚滚
送回我褴褛的战袍
我去朝圣恒河圣水
黄金的铠甲散落人间
渴望英雄救赎的手

从花季走到雨季
追风的寒光
如高原猛虎
我情愿握在英雄手中
烛火和木柴朦胧入睡
英雄自愿让我歇在心头
英雄安忍在厚重的大地
我在大地雕刻真诚

1996年4月6日

木屋骏马

实在是巧合
我们不应该相遇在绿洲的边缘
如果你真是木屋中孤独的骏马
让我轻轻告诉你
我正在向草原深处出发

风把沙的脚印举到了半空
还好
蒙住我眼睛的仅仅是自己的
泪花
这起码证明
相遇还不能算作是
断肠人在天涯

我鼓起勇气
穿上水果的服装
春天的花蕾远远地
注视着不透明的门窗
风沙掩不住
木屋中的那坛陈酒
散发出绿色的酒窝
木屋也掩不住
夜晚的情话和
黑暗里春天的声响

骏马在奔跑
我的心里驶过轰隆隆的列车
我要争分夺秒长成一棵大树
让扎在水源的根须
握紧你
轻轻地摇落一地
小心翼翼的树叶和花果……

老人与海

夏日的海潮打碎每一粒沙土
冲击着鱼漂泊的思想
老人使鱼脆弱而拙笨
实际是鱼创造了古老的刀叉
文明遗留在远古
老人学会用印刷品去收买
海里的鲛鲨

海托着鱼
就像托着没有老人的木船
鱼的胃口比船舱更夸张
鱼明明一直在亲近着大海
为何还要再次翻腾水和浪花
实际出海并不可怕

那一身洁白让你直接沐浴阳光

两条无尽头的钢铁和
无数形态各异的有袜无袜的鞋
撞到了依然怒目的老人
我又看到了鱼出水的绳索
与远古没有什么不同
我的体内还奔涌着波涛

难道我就是那条出海的鱼
我有一点点恐慌
因为我看不到我熟悉的船桨
我三十年辛勤的汗水
能否让我漂回故乡

其实老人也不愿意下海
有时那是一口
慢慢变热的火锅……

中秋寄语

关于这一天
所有的游子开始仰视
星光暗淡之后
月亮上的家门
是否有炊烟升起

为了这一天
镰刀以特有的弦线
开始弹奏
丰收的喜悦和
团圆的主题

等到这一天
月晕朦胧时刻

人间燃起篝火
嫦娥和玉兔的眼睛
开始潮湿

如果这一天
我任月光孤独地
倾听空山鸟语
那夜半的钟声
可是你到家的归期

2001 年农历中秋夜

我在海边与你交谈

（一）

我在海边与你交谈
饮啤酒并品尝炭火烤的鱼
如果海滩椰树是我们的餐桌
那海里形态各异的贝壳
一定是我们的言语
经典蕴藏着珍珠的光辉
如果珍珠流动着神秘和异彩登陆
或者贝壳还原成不远处的渔火和
时空中的星星
这所有的光亮就会让我们的额头接受
大海的能量

（二）

随我回家吧
快乐的老家
那座富饶的花园
你不要再为大海的失眠焦虑忧郁

那白头的海浪和岸边的泡沫
依旧有海风和月光在欢唱
我们不去猜测蔚蓝中有多少阴霾的黑色
那永不停息向大陆行走的鼓点
塑造岩石沧桑浑然的历史并
必将送来黎明
海带走我们不安的足迹
带走我们不安的眼睛
世界只有一种物质不会枯竭

（三）

亲密的泊船观望着海的举动
风湿润地吹着树梢和发梢
虽然北方依然疯狂着节日的冰雪
尽管融化的泥土会阻塞洄游的鱼群
可如此近距离地接近大海和云朵
我们当然不会愧对骨骼和血液里高贵的金属
感谢黑暗的莅临

我们才能够看到天边的肌肤热烈鲜红

（四）

海潮奔涌终将摧毁隐蔽的暗礁
天涯海角只是一种绝处逢生的力量
我们的交谈呐喊着冲向大海
网起沉重的海面和你发号施令的军旗
你的忧郁将消失在满载的船舱
和果实的枝头

（五）

成功的咒语掷地有声
我们铿锵的交谈
可以直接印刷成水晶的诗集
我们交谈在黄金的海岸
我们从不相信台风的叹息
我们暂时停留在大海的边缘
勇气攀登在通天的阶梯
大海开始沸腾
你的体内已经燃起鼓励的炉火和东方的火焰
直到炼出心中最纯净的金矿和信念

2006年2月12日
于海南三亚

春　雪

四月的北方与雪意外遭遇
一点陌生一点紧张
冰雪组团旅游在冰雪的深处
那断线的珍珠
任可徒劳地滚动
也不愿意理睬人行道上
灰色的诗行

我很担心这是诗人的末路
雪怎么可能一直居留在半空和树梢
但我情愿栖息在这样的四月
飘雪的北方总会有红色的房子
描绘春天的梦想

北方四月的寒冷纷纷落下
第五个季节反差的空气
使得笔墨和宣纸更加坚贞傲岸
我不晒绿色紧闭着的
苏醒的双眼
生长的罗盘在树根深处震颤
因为麦芽和花蕾长生在我额头的皱纹
我就不能不思考

生冷的泥土和她似水的丈夫
苍天和大地此时都
堆积着大片刺目的云朵
可我不想选择躲避和隐藏

如果我的花园也能够奔跑
那最伟大的花种
早就会将太阳连根托起
四月的冰雪无论多么深沉
片刻美好过后
沼泽的上空也一定会电闪雷鸣

我穿着最单薄的丝绸
不知道应该把冬天的名片

放在什么样人的口袋
你并不恐惧我清除积雪的决心
因为你知道
那遥远的冰雪
至今还覆盖着一整块南极大陆

既然你暂时还不准备融化成
江南蒙蒙的丝雨
请允许我从天而降吧
炽热地砸向你
并向冬天道别……

2007年4月2日大雪过后

燕　邻

序：很小的时候就听姥姥说，谁的家里住了燕子，谁就会拥有幸福善良的家，我仰望着姥姥家的燕巢慢慢长大。直到2006年一窝燕子落户在我的家门前……

因为从小就聆听了太多
善良的主题
总相信风雨不会阻止
燕子高傲的飞行
更不相信飞行的路上
会有富态的猎枪
其实星星都会被庄稼击落
何况古老的传统和文明

我学会了自己写字和走路
燕子重新披上一袭黑装
我好动的双手

创造门外巨大的声响
人间的夜晚开始繁荣

我终于有了自诩善良的铁证
春天和燕子与我为邻
一枚祈福避祸的族徽
灯笼一样挂在我的家门
我童年的竹凳
静悄悄地坐在燕巢里
无须仰望或期待夜晚
姥姥放飞的星光
定与燕子一脉相承

现代人居住在硕大的铁笼
看不见有燕子自由的出入
王谢堂前歧王府第都曾得见
平常百姓更不应躲避善良
我马上习惯了高高在上的燕子
温和的关门声
安慰燕子不安的眼神
你好!燕子陛下
我不掩饰我仅有的奴性
并勇敢地打破邻居家觊觎的炊锅

清晨的寂静把我惊醒
我焦急地从楼上冲下
追上老北风发问燕子的风俗
山高水深阻隔我南寻践行的幻想
大地笼罩着燕群巨大的投影
江南喋血的蚊虫
叮不到太阳的面颊

燕巢还在家门的上方
家在远方的远方
燕巢想变成一只真正的灯笼
照寻我飘忽不定的草鞋
燕巢也害怕寒冷和孤单

我索性把燕巢戴在我的头顶
就像戴上一朵开放的兰花
我昂首正步日夜行走
不是为了交换花环或者吸引金属
在星星和姥姥下凡之前
燕子和我不会有回归的家

海上升明月

如果海能把沧桑的懊悔和牙齿的化石
丢在夏日的海滩晾晒
我必不会再固守
眼睛里的田园和悲凉
夺眶的泪水浇灌在海滩上
海的脚印和海一样腥咸

海滩不能接纳如此负累
砗磲珊瑚装满航行在海底的游船
青春的年轮旋转深刻在地幔的手掌
神秘的岛屿端坐着吐火的新娘
自矜拥有总结归纳所有液体之深度
海不会去借力神女居住的山峰
人们习惯臣服仰望英雄千秋功绩

伟大的复活也无力再牵引
保留种族的方舟

海滩蒸发了身份年龄与名姓
任凭波涛弄皱裙子和面容
庞大身躯的情歌一定很古调
脆弱的心理防线是那条
黛绿色的纱巾

银色的海面来来往往
最明亮的灯塔悬挂在夜晚的天间

飞石拉着烟花呼啸挺进
石沉大海是勇敢的归属和见证
一万米以下度过的是
百万年以前无尘的光阴
我叮在火山的墙壁只想放浪形骸

我不怕浮力和重力主宰的陟降
我不怕在浪的花蕾里苦涩挣扎
月光微笑欣赏海里最后的烛火
天使的愤怒聚集我胸中不灭的水晶
海在没有到达的陆地
查寻搁浅的橡树

海天一色
游子推开月亮上尘封的家门

在泪水汇入大海之前
我终于明白
只有月亮的眼睛
才能打破大海的沉默

2007 年 4 月 22 日

皇与后

深挖厚重鲜活的历史
解读古老神秘的东方
延绵的金脉,时隐时现的兵器
围绕着不可一世的皇

皇
坐在太阳之上
刺眼的太阳闪耀着冷寂的寒光
后
踟躅在流淌着月亮的河边
拥抱着月亮洗澡

皇与后闯过形同虚设的法典和
那条被污染的河流

在家园的棋盘上任意飞行践踏
皇号令季节,百花随王意开放
后在战袍上绣出万朵黄金的菊花
剑气与香气穿透时空
王子倒在射日的金箭下

孤伶伶的鸟巢在风中摇曳
皇和后没有共同的家
后强大了
还能让王留在花园里
皇强大了
却不会让后留下

2006年12月
观《满城尽带黄金甲》后某日

化 妆

太阳有足够的热情和领土
面对晚霞和黎明的脸谱
正午的阳光新鲜光亮
歇在新鲜的树墩上
再新鲜也不能粉饰
青春的年轮停止生长

玉树临风在那一夜溃散
最光明的部分蕴含在深深的谷底
伟大的生命永恒在世界的两端
蜜蜂在草香中拿捏花朵
七彩的锦缎与白坯布跬步之遥

撕落油画上的蛛网
木质的娃娃
走不回森林的老家

2006 年 10 月 6 日于某影楼化妆室

下雪天

空气拥挤重复在这个固定的季节
365 天单调交替着白色太阳
各种形态的胴体
来自童话
是故事里的建筑

红缨枪通体还在发热
陀螺转出冰花和火花
黄麦穗和绿青菜藏在低矮的房舍
水晶宫是矮人和公主的新家

我不敢对视天空和冰下
水中的卵石和雪片缀满天空
麻雀披上厚厚的冬装

雪片缝补中世纪的战靴
寒冷在青铜器的末端凝聚升华
旌旗摆动炫目的光泽
拷问冰雪中匆匆的过客
下雪天
只让诗轻松通过

2005 年 1 月 5 日于哈尔滨冰雪节

周　易

地球是运动队的代表
在宇宙的剧场越野
风、雨、雷、电……
周而复始放映自然法则

伏羲氏自虚空走来
背着月亮
抱着太阳
花朵在空气中跳跃
负重的身体走向八方

伸直十指
刺破青天
纺织邻居的旗帜

播种吉祥
天地细雨交融
十二种动物的粮仓里
装满厚重的大书

野蛮、愚昧
再回到时间之外
周文王建起六十四座智慧的殿堂
孔夫子读颂的声音
五千年振荡不绝
太阳从不灼烧龟甲
康节府邸四季盛开着梅花

《易经》捧在智者手里
世界在膜拜中发展变化

2006年10月2日于哈尔滨

一件图案精美的瓷瓶

我不怕曲折
因为我就是那条
从雪山上走来
要去大海赴约的河流

我不怕刺痛
因为我就是那曲
在玫瑰花丛激情荡漾的
乐章

我不怕焚烧
因为我就是那件
在烈火中永生的
美轮美奂的瓷瓶

当不怕成为一种自然
怕也很必然

无畏的勇者，少数
站在了孤傲的峰顶，然后
去山崖下长眠
人是万物的灵长
更应该敬畏
雪域高原和火光

如果我怕你被风吹雨打
你是否也怕我
不经意间破碎……

2006年1月1日于中国国家博物馆

盗　火

黄昏戴上墨镜登场
舞台超过地平线的高度
漠视太阳的存在
掌声折断画笔
在最高潮处裸露象形文字的隐秘

谢幕的颜色很单一
精彩燃烧成指间的烟灰
森林被风霜雪藏
黑暗锁住人间的火种
神鹰的目光直刺山崖

威武的身躯像大山一样凝重
山颠升起寒冷的太阳

战斗没有发生在战场
正义不属于归来的王者

观众席上开始传递火炬
世界就要上映最伟大的义举

1995年3月3日于七台河

山的誓言

山走进登山鞋的视野
拥我入怀
山脚下的雪在山上诉说宁静
我昂着头
拉起你
任遍野的树枝挂满许诺

我感到一种脱俗的轻松
我从自己的躯体走出
在站立的树椏上筑巢
星空蔓延着火势
山的内心一直就在燃烧

誓言和苔藓一样顽强

声音和言语早走下山坡
每一次探索
都有果实在跳动
归心似箭
山间挂起两盏红红的灯笼

1991 年冬于背荫河

滑　雪

千里万里
冰雪描绘出一个季节的长度
眼睛在粼粼冰雪中跋涉
阳光入住透明的小屋
风倾泻在这个季节
许多故事还没有发生
就已经凝固成记忆

结束山尖虚无缥渺的演讲
踏上智者设计的工具
对准跑道起航
飞行在瞬间完成
雪橇搁浅的姿态很潇洒
如一片缓慢的雪花
一个季节里雪花无数

一个山尖要搁浅多少雪橇

其实山尖多高并不重要
只要还能回归那所
温暖的小屋

其实速度多快也不重要
只要还能随心停在
喜欢的地方

荣誉捍卫惊险的极限
没有翅膀也要飞翔
雪橇仰望山尖
只见那条星光大道
依然灿烂

我孤单来到这个季节
任风雪在我耳边说笑
我注视了一会远方
毅然冲向搁浅的雪橇
在我挺直身体之后
我的心跳
未必就不是
春天的脚步

2006 年 11 月

眼睛心愿

眼睛占据生命的海拔
仰视浩瀚的天空
扫描风起云涌
流星匆忙的弧线……
沙尘的蜘蛛
网住探索的飞虫
眼睛模糊与泪水无关

心儿占据生命的中央
蓝调的左岸枝繁叶茂
汇积跬步
生命的源头热血奔腾
季风的鹰隼
掠过飘游的云雾

轻盈自在与心情有关
当眼睛疲累地低下
心不让你在尘埃落泪
如果你的探索和光明都
没入幽深的云海
眼睛
请你长在我火红的心上

地　河

返青的草原
顶着太阳疯长
野渡无人
爱情蓄满夜光的酒杯
你欣然接受
那些穿着糖衣的情话
也不愿意理睬那条
黯然神伤
穿透心底的暗流

没有一条鱼
能再游进你的视线
你为我无助的目光
遮上了一层

最单薄的丝绸

我的爱意就像那些
幽幽生长的水草
也许一生都找不到
自由呼吸的窗口

2003 年 10 月

雪　夜

你是高高的月光
目标是辽阔的大地
不会永远专注北方
而我是飞雪
在冬季洒落
在春季蒸发
只是最终也还是
停留在北方的雪花

我不会真正隐形
也不会真正变化
我只会沉思和流浪
雪似月光
躲在大地后面

雪是凝了月光的琥珀
月光似雪
藏在太阳后面
月光是映了雪花的霞霓

亘古的月光
最先照耀的就是
羞涩的飞雪
悠悠的雪花
最早清凉的也是
洁白的月光

有月光的夜晚
就有激情的幻想
有飞雪的夜晚
就有等待的雕像
我成了这样的夜晚
你依旧在天空守候轮回

2005 年 9 月 29 日

辣白菜

异国情调的碟子
绿、白、红
就像我们的唐三彩
汇聚抵抗饥饿的智慧
辣白菜和你相遇
在刚刚平息躁动的体内
你瞬间补足了海的元素
海在宽广的胸膛里游走
迅猛的海潮撕碎你的足迹
你来继续前世的约定

品尝大海
大海原来就是辣辣的白菜
收起海鸥昨天的翅膀

风平浪静之后
黑黑的土地上
你盯着长势正旺的
玉米和高粱

2006年11月11日

夜凉如水

随着最后一盏灯光熄灭
天空只剩下星星和我
不安的眼睛

街道仿佛是在
峡谷中穿行的河流
却听不到
流水的声音
楼群像一个个
门窗紧闭的鸟巢
也不见有鸟
自由欢唱

午夜之前的时光

曾是灯火和酒精的世界
谁也无法用有规则的白天
无规则的夜晚
来区分男人和女人
无论是谁
在酒精和夜色的掩护下

面对事与非的底线
都会醉眼蒙眬

夜凉如水
掩盖了太多
已经发生又谁也
发现不了的秘密
只有在夜色平淡之后
太阳才会露出
自己古怪的表情
去照亮本不应是
星光照亮的地方

2004年10月7日

跋涉的雕像

虽然无法阻止季节的秋风
在跋涉的途中与我相逢
八角帽上的红星
依然闪烁着青春的面孔

岁月或许会在历史的光盘上
刻下沧桑与无奈的划痕
雪山与草地却依旧光洁茂盛

雅克夏雪山下的鲜花
终年开满了爱情
因为雪山上留下了太多年轻的士兵
毛儿盖塔头上的青草
生长着一望无际的渴望

因为她枕着无数英雄崇高的理想

在雪山脚下草地边缘
我执着地找寻老班长留下的
那枚钓起信念的鱼钩

在老山界黑压压的密林中
我依然无法分辨出
哪里是红军的火把
哪里是天上的星星

为了不忘却的纪念
许多年轻的心
走进历史的天空
重新开始了又一次
非同寻常的急行

2006 年 8 月 1 日

下一次忧伤

你在流动的风里歌唱
声音被树林阻挡
在河流转弯的地方
有我被遗忘
几千年的悲凉

我知道河水不能回头
就像我的忧伤
沉入幽深的河床
只有一种奇怪的鱼
会沿着祖先的记忆

已记不起
在与你遭遇之前

天空的颜色
怀揣着慵懒的心情上路
再不把谁放在心上

任时间去展开
情节的画卷
只是不知道
是谁的歌声
把下一次忧伤
丢在月亮之上

2004 年 6 月 6 日

雨 后

（一）

这一场大雨来得正是时候
瞬间就冲掉了落在叶片上的浮尘
以及那些不怀好意的眼睛
空气中有缝衣针在落下
我屏息听你心跳的声音

（二）

只有默默对视的瞬间
生命才展现片刻的美好
你的羞涩来得太迟
以至我的小兔刚刚穿过季节
你的温柔就已开始结冰

（三）

一种与生俱来的勇敢
让我们越走越近
一种无处不在的恐惧
让我们越离越远
雨水冲淡的只是时间
记忆的沙砾也许正在孕育
穿越时空的珍珠

（四）

手指划过瀑布之后
我闻到了花的芬芳
以及一种近似鼓点的跳动
你被声音牵引的迷茫
占领整个世界
一种超凡脱俗的美丽
在雨后生成

（五）

电闪雷鸣之后
天空归于宁静
也许成长只是一种过程
收获也有无奈
比如爱情

月之相思

夕阳撞击着冰雪
催促冷风
收复上个季节失落的领地
月亮很想看见傍晚的太阳
冷暖都不是自己的感受
门里窗外
天地的距离就是一间矮矮的房屋

等待的长夜无限喷发
一次又一次击中星光
星光落地的脚步迅速坚定
荷塘上没有了或明或暗的树影和蛙鸣
月亮藏进信封旅行
邮差送来太阳的眼睛

1996年11月4日

酒　话

酒说大话时
头早已经自满成体重
长舌压弯了山脊
褒义词虚伪地出逃
爱情线缝合不住
那支墙外的红杏
手掌从此残缺不全

阴冷的星辉在黑夜里骚动
一切活动都在水中
不懂,不懂……
秘密隐身为两片凉风
整夜游行在似火的唇边

1993 年 12 月 30 日

酒吧温柔

在城市最温柔的部分
地面开始摇晃塌陷
夜色之旅，开始
拥吻吐出迷幻的火苗

都市的浮华
裹挟着欲望暗流
随夜色弥漫开来
灵魂的高地
已无险可守

在夜鸟的惊悸声中
原始的野性开始复苏
堕落已成为一种

无法抗拒的必然
温柔的夜色下
除却忽明忽暗的烟头
已没有灵魂
可以拯救

其实酒吧里所展开的
就是一种
漫无边际的温柔与自由

1999年7月
于广州演舞台

校园之恋

在风拂动校园的瞬间
听一滴露水滚动的声音
你披一袭白纱飘来
宛若仙女降临

在荡漾着书香和往事的河边
我们寻找一种亲近
哗哗流淌的水声
在情感的琴弦上震颤
或近或远都是一种
无法逾越的光阴

在蛙鸣消失之前
所有的成熟

都开始收获

只有你我的故事

被镀上了一层太阳的余辉

1992 年 10 月

初　航

彩虹是雨的围巾
把洗净的阳光包裹
邮差吹响绿色的口哨
江水和彩虹
一起流淌
风将纤索绷紧
彩虹飞上木船的桅杆
水花四溅
沙滩露出一万张笑脸
彩虹融入蔚蓝之后
天际扬起一片云彩
一叶白帆……

2006 年 6 月 1 日
于松花江畔

听你的播音

我们走在一起
就是一道都市旖旎的风景
熟悉的路上
每天都有
很多陌生的故事发生
而你的娓娓道来
使许多往事复活
如同穿越
让快乐栩栩如生

当倾听成为一种习惯后
我突然发现
天空如果没有你
赏心悦目的引领

候鸟便找不到回家的路径
我终于知道
古老和神秘的文字
也需要音律庄严的承诺
我不在怀疑
你令人沉醉的笑脸
是一种舵手的力量

从此我们前行的路上
总有一柄遮风挡雪的伞
在铿锵中
撑起我们的天空

2005年端午节

写给年轻的长辈

不要害怕自己的花期
会像流水般逝去
绿树成荫的河床
不会出现龟裂的痕迹

不要害怕自己的雨季
会飘落下忧伤的冰雨
所有的欢乐
都来自你的心里

既然花开花谢
都是一种自然而然
就不必非要回首
绽放时的美丽

把所有的花朵
都酿成蜜糖吧
然后从容地去品尝
岁月的荣誉

时　光

一丝苍老的风
幽幽地潜入梦萦
读着时间的年轮
我奔向起风的地方

也许是走进了时空隧道
这里徘徊着恐龙的足音
悚惧拉长了条条身影
与传说一样
天上闪烁着九颗太阳

没有庸俗孪生的喧闹
没有寂寞汹涌的高墙
我振臂化作一只彩蝶

饕餮着亘古第一朵芳香

筛一箩没有怅惘的思念
裹起寒夜里的太阳
让热血助燃吧
一颗流星
孤独了我几千年
永远不能轻松
时光太匆匆
泪水还会弄湿雨季吗
除非
除非再有某个重叠的夜空

1990 年 11 月
于道里区文化馆

释 怀

终于从你的美丽中苏醒
天空恢复了湛蓝湛蓝的颜色
没有云彩的日子真好
又可以唱没牵没挂的情歌
又可以喝或浓或淡的啤酒
任忧伤的河流翻滚苦涩

依稀记得深入谷底的甜蜜
那些令人怦然心动的情节
以最单纯的微笑向邻家女孩致意
然后随一声尖锐的口哨
让街角在女孩回头时
把所有的慢镜头和回放删掉

那一夜

（一）

你是那一夜
温馨的昙花
静悄悄展现着那朵洁白
黑暗在展现中弥漫
花香掩盖了月光
呼吸变成一种欣赏
那一夜，花期在你指尖转动
那一夜，花瓣撒满我的心田
那一夜，我看不清你
那一夜，我也认不清自己

（二）

每个人都在呼吸

每一朵花都准备开放

我醒悟了，那个夜晚

那一夜的洁白

还有那一夜的月光

却是无法醒悟的梦

2005年10月5日

月亮提琴

你前世是托起旭日的东海
月光下依旧的海潮
是你相思的汛期
今生你是旅行的海风
琴弦是你衣裙下粼粼的波涛

我本是阳光下的朝霞
海潮伴我儿时的梦乡
今世我要做那轻轻的月光
低吟着乐曲
凝视那海风中的琴弦
相约今生
把音节凝成琥珀
让多情的王子把你贴心珍藏

月圆时刻

你就会看到为你弹奏的鼓手

和那把月亮的提琴

1996年仲夏于大连

再回到那里

让我们一起回到那个四季如春的地方
一起回到那个山清水秀的地方
一起回到那个鸟语花香的地方
让我们一起回到那个瀑布的高原下
一起回到那个你儿时走熟的小径
回到你朝思暮想的故乡
走进你的童年

这是一片你难离的故土
生长着你我爱的图腾
这里的每一滴晨露
都是一个甜梦
让我为你再次深醉

让我们这双异族的儿女
用各自的母语回眸对视
闪动的眼波里
映出我们天真的笑脸

让我们永远忘却这个嘈杂的江湖
相忘每一个曾心碎的夜晚
我将在梦中穿过你如瀑的黑发
亲吻你淡色的双唇

你穿上阿妈妮春天穿过的盛装
你的腰身就是不远处美丽的峰峦
我不惜站在冷峻的崖边
不让你涉入那即将融化的冰河

让悲壮质朴的华夏
拥起烟雨茫茫的半岛
为我们的爱情放歌
从此我不再怕你远行
不再怕那条三千里的长路
因为我知道
无论你走多远
都走不出我爱的王国

1998年9月27日于玉泉

怀　念

（一）

你是晴空独行的飞燕
常常翱翔于我的梦萦
枫叶摇醒风铃
化作一只美丽的大鸟
与你翩跹起舞
我站在思念的天空下
翘望你如约飞入我的书房

（二）

夕阳中
你是金色的公主
回眸见一位穿白鞋的少年
少年拥你踏上如虹的彩桥

为你吟诗
为你歌唱

（三）
乘风的候鸟
丈量着天空
寂寞的少年
守候着你栖息的土地

有雨的日子
就有了一片相聚的花丛

事实上
我头顶的花环
已映红你的笑靥
只是你斑斓的翎羽
依旧停留在你出生的春天

（四）
岁月悠悠
江水滔滔
我随波呼唤你匆匆的背影
陨落的流星
在我的领地

烈火熊熊
我在怀念中日渐老去
冬日的拐杖
整夜敲击着我窗边的老树
我拖着一片落叶流浪

(五)
让北方静谧的秋色
撑起你我曾经的信仰
当冬雨霏霏时
我的皱纹就不会潮湿
我的怀念就会比征服更辉煌

1999年11月1日

明天的蝴蝶

序：

让月光洒满你散落的衣衫

握紧你的余温

用回忆和夜晚拔河

凤凰浴火涅槃

身体化为花朵

精神化成蝴蝶

召唤春天

互相访问

你永生在这个季节

我也为你再次复活

我是大地唇边的微笑

笑看自己的灵魂

你踩着轻盈的舞步

你想起了前世的飞翔

有火的日子就会有风雨
大地也会忧郁
我此时是你
征尘中最后的灿烂
用花香为你送行

2006年9月1日

永远的童年

梦是秋季
落叶寂寞了思绪
起风的日子
也会抖落最高处那颗果实
金黄的飞叶是帆
承载着纯真的思念
散落在流星的去处
种一颗红红的豆子
梦醒的时候
爱就有了庄严的承诺

花种一直在积蓄能量
黎明时分冲出重力的绳索
升华于忧伤的海洋

花的味道集装成画册
我的呼吸灿烂缤纷
竹榻堆满酒瓶和古书
花朵不在这条路线回归
农具旋转无所不在
老人支起缠绵的棚架

泉水走不出大山
阳光不在温床上成长

2000 年 2 月
于东宁

蝴蝶童年

雨夜
花香伴你独行
闭上眼睛
任花香牵你入五月的花丛
你是丁香花梦中的天使
丁香花是你童年的睡床
有芬芳的地方
就有你
你是花仙未来的伴娘
你在风中舞蹈
你要飞舞到水的故乡
带去露珠的思念
水的故乡
是一个叫大海的地方

2005 年 6 月 1 日

初　恋

当初恋长成
一枚青涩的苹果
微笑着挂在记忆的枝头
当红纱巾朦胧了
你的脸庞，那条
青春汇聚的小溪
我依然是你
最清纯的那滴泪水
你最初的美丽
冰封住流浪旷野的爱情
重叠成一支曲
彻夜不眠地唱
凝固成一首诗
彻夜不眠地读

1991 年 8 月于哈市青年宫

多年以后

再感《狼图腾》

天很冷
我披着雪的外衣
于荒芜的土地漫步
空饭盒拥挤年轮飞转
我在屏蔽饥饿的瞬间
点击死亡

这永久的体验
洗净我身体的粗糙
怀念便游离于旷野之外
扎下根须
握紧每一颗苦涩的心
我用落叶之手

触摸你泪水斑斑的脚印
陪伴你做一个
不被追逐的梦

墓碑的头颅
一度爬满野草枯黄的相思
没有公正的对决
春天只是墙壁上的沙盘

我只渴望有风
吹回上世纪的花种
重新汇入我的黑发
多年以后
有牙齿的那块泥土
就是你曾经的家

2006 年 5 月 8 日

体验成长

饮一杯自酿的苦酒
我依然还会沉醉
只是你已远去
总以为爱情是我们的名姓
不知道你还在夜晚
就想象太阳的光芒
结局总是你去寻找港湾
我还在感情海里
守护着你曾依恋的小船

我醉
将空杯留下
送给生活里的虚荣
我的心间还踢踏着你的足音

你的身影已在匆匆的归途
你不是知归的倦鸟
你是赴约的云雀
只要远处的蓝天

你的心中有黑暗
所以才会把光芒想象成阴影
我是护家的白鹅
只能守望大地

而你是感情的候鸟
为了爱慕春色
你在迁徙中
抛弃了白鹅和四季
你总是让我体验成长
成长是我一生的心痛

2003 年 7 月 7 日

太阳是否如约

目光静卧在树荫下
指引思想
飞上树叶
变成问号
我的心印上你昨夜的朱唇
寄给明日的朝霞
不知阳光是否如约
照遍所有角落

树枝放飞鸟的欲望
探寻高度
变成问号
我的爱印上你临别的盟誓
寄给明晚的夕阳

不知阳光是否如约
剪出一片红红的云彩

目光静卧在树荫下
树站在大地的中央
拥紧树干
聆听大地的心跳
一切都现实了

1995年10月3日

熟悉的雀斑

曙色透窗帘怦然而入
一条条或明或暗
如月光样彷徨

我久久地躲在棉被里
任墙角眯着眼睛
读昨夜的梦

推仍沉睡的门
见一张熟悉的雀斑
捧一束芳香
于朦胧曦雾中

攒了一夜的呐喊
放牧冬日的晨晓

1992 年冬月第一日

古　琴

你是端庄的古琴
善良质朴是你千年的和弦
今世依稀听到这似曾相识的琴语
醒来时
琴声已经荡入云间

往后的日子总在回眸时
听到高山流水
也总不经意间
拨响自己心中那根幽幽的情弦……

2005年5月5日

歌　者

门轴响动伴奏着歌者的脚步
笑靥如花,歌者不用开口
坐下站起的姿态
律动着外衣和音符
或长或短的气息
开始或者结束爱情

星河璀璨装点奢华夜色
仰视的尖叫清澈而纯净
粉色丝巾铺满松软的泥土
歌者的麦田麦穗金黄

歌者一直吊在半空
空中传出麦子收割的声音

闪光灯只照亮歌者的嘴唇
泥土里钻出秋天的耳朵
近旁散落着歌者的光环和口罩

2003 年 2 月 5 日

向太阳飞翔的虫

我是船桨下的江水
行走中聆听虫的歌声
我是红日下的枫林
氤氲间领会虫的舞姿

虫的声音响亮一如奔流的春水
虫的舞姿婆娑自东向西
春天醒来一起歌舞
伴舞的露珠睡在向日葵里
闪烁着太阳的光辉

虫静谧地弹奏着季节的竖琴
天空也加入祈祷
散花的玄女

花香翩翩如雨
虫在散花间向太阳飞翔
彩蝶斑斓似花

2005 年 10 月 10 日

化　风

（一）

当你的回答是沉默时
我的心就驿动在忧伤的远方
从此我不会歌唱
如果爱是我单独的相思
我愿用身躯去填补沟壑
如果我不是你丛林中的白马
我就做你近旁的葵花
为你欢笑
在你璀璨的星光下
我是你永远的随从

（二）

你是自由的精灵

可以选择天空或是海洋
我是拂面的暖风
爱情是我唯一的出口
你的眼语是迷离的风信
相思的风雨中
我没有航向
是的,你是自由的精灵
自由就是你的感情

让晨曦中自由的风
替你问候朝阳
让晨曦中自由的风
替你拂去征尘
让我化作你门前的小路
化作你清晨中第一声鸟鸣……

2003年7月1日

回归自然

逸出钢筋水泥的高楼
投入山的怀抱
我融入绿色的温柔
柔情似水
湿润百灵的歌声
面对阳光
让瞳孔反射太阳的光芒
希望便含蓄成一片幽幽的山庄

假设高度为对手
我在峰顶升华为胜利的旗帜
定格生命于瞬间永恒
植一株马兰
嫁接心情

回忆便喷着芳香
温柔年青的心

抚摸山石古朴的纹络
生命的船桨
荡入古树的年轮
破译成长的密码

每当我的呼吸
吹皱你清醇的脸庞
我便牵着你
回归自然

1992年10月
于背荫山

你是夜莺

序：你是我猎猎军旗下无痕的秋水，百万铁骑也打捞不出，水中的花朵……

你是欢唱的夜莺
我是沉默的枫林
没有你驻足的高枝
看不见你多情的眼语

翠绿的枫叶
疯长成火红的相思
忍耐的风雨
守候着你或远或近的清吟

直到有一天
你的翎羽

划过我的泪眼
你模糊的身影
是我心动的涟漪

直到有一天
你的梦呓
飘入我的情歌
你朦胧的问候
是我泥淖中的清渠

你是夜莺
看不见
你羽下的枫林
已红遍山野
你是夜莺
看不见
阳光下我坦荡的情怀

2004 年 4 月 1 日

邂　逅

序：在邂逅中相识，从此赞唱邂逅，一直到你又有了新的邂逅……

（一）

曾经在夏日的朝阳下对视

曾经在冬天的晚霞中并行

曾经苍海

曾经花丛

不曾经历的是

分别时挥动祝福的手

（二）

朦胧中，你披着仙子的霓裳

坐在月亮之上

月光不再是你美丽的衣裳

你说你不喜欢自由的晨风
从此我不再有动情的夜晚
岁月是不休的花期
散落的花瓣
使你风情万种

(三)
我的指间还有你乌黑的秀发
我的唇边还有你冰冷的留香
我是一叶搁浅的扁舟
飘泊在过去的星河

(四)
还是做星河中的流星吧
虽不再有每年的邂逅
在流星雨的夜空中
灿烂的熔化
辉煌的升腾
那一刻就有新的邂逅
那一刻又见你
等在最初邂逅的地方

2004年5月6日

候鸟十四行

你并不是候鸟却在落雪之前
别离了你曾相依相恋的土地
你不是候鸟却随意拥有四季
速度是长度的天敌你在晴空
整年地迎接羞涩艳丽的春天
你不知疲倦扇动相同的翅膀
经历过的却不是重复的光阴
你时而飞临在感情的青草地
时而抵达家族团圆的湖泊前
花草枯荣水波动静一一感受
你不是候鸟就像漂移的大陆
历史地理都要服从自然使命
一阵季风在我身边急促掠过
你在我眼睛里从没有消逝过

2000 年 9 月

谁能借给月亮一件外衣

序：月亮虽然是地球的卫星，却不像地球那样拥有大气层的屏护，面对流星雨的撞击，只能默默忍受。看上去很美的月亮，实际已是百孔千疮……

谁能借给月亮一件外衣
不用是贴身流行的款式
可以是那件
祖父在黄土高坡牧羊时的皮袄

谁能借给月亮一件外衣
不用是豪华笔挺的礼服
可以是那件
父辈在田间劳作时的汗衫

谁能借给月亮一件外衣
不用是体面职业的西服

可以是那件
你在幽会情人时舍弃的旧装

谁能借给月亮一件外衣
为了更新亘古冰冷的色调
为了夜行的方向和睡眠
不仅是寒来暑往
不仅是那一座座环形的伤疤

还没有一种伤痛
能痛得如此凄婉圆满
还没有一种伤痛
能痛得如此笑容灿烂
只要还活在太阳和地球的小路
就不泯灭发光追随的梦想

随风的杨絮啊
你是不是忘记了月下的老树
天上的白云啊
你是不是也忘了夏季天空的清凉
山川、河流、森林、庄稼……
你们怎么能忘记啊
你们少年的甜梦
月光旁边那抹绯红

我赤裸着圣洁的躯体
像一座冰清玉洁的雪山
月亮继续用伤残的手指
为嫦娥编织着金线的嫁衣

其实怜悯只是一种心情
在茶余饭后的闲谈里燃烧

2007 年 5 月 1 日

让我们一起歌唱

（一）

一样的白天
只是多了静谧
一样的夜晚
只是少了阴霾
不要分白天和夜晚吧
这里没有官冕
倚仗白天堂皇
这里没有卑鄙
趁着夜晚绽放

（二）

一样的男子
只是少了嚣张

一样的女人
只是多了坚强
不要分男人和女人吧
这里没有男人垂涎权贵
这里没有女人爱慕虚华

（三）
一样的寺院
只是庙门更端庄
一样的佛像
只是金装更辉煌
不要分寺院和佛像吧
这里没有红尘需要寺院阻挡
这里没有珍馐需要佛像品尝

（四）
我们是这里岸边的旧水车
日夜轮转着水波
我们是这里岸边的花草
秋冬唱着荣枯的歌
是谁摘下天边的北斗
把我们的心灯点亮

（五）

看见了，是她
观音柳枝是她曾经的秀发
西天的云彩
是旧时的衣裳
她坐在莲花上微笑
她站在佛陀旁安详

她是菩萨的化身
智慧给她光芒
慈悲给她坚强
与她在一起
就是为佛在歌唱

2001年浴佛节于慈航寺